ANDRÉA DEL FUEGO
Geschwister des Wassers

Roman

Aus dem brasilianischen Portugiesisch
von Marianne Gareis

Carl Hanser Verlag

Die brasilianische Originalausgabe erschien 2010 unter dem
Titel *Os Malaquias* bei Língua Geral in Rio de Janeiro.

Die Übersetzerin dankt dem Deutschen Übersetzerfonds e. V.
für die Förderung Ihrer Arbeit.

Obra publicada com o apoio do Ministério da Cultura do Brasil /
Die vorliegende Übersetzung wurde gefördert vom Ministerio
da Cultura do Brasil – Fundação Biblioteca Nacional.

1 2 3 4 5   17 16 15 14 13

ISBN 978-3-446-24331-6
© Andréa del Fuego 2010
by arrangement with Literarische Agentur Mertin
Inh. Nicole Witt e. K., Frankfurt am Main, Germany
Alle Rechte der deutschen Ausgabe
© Carl Hanser Verlag München 2013
Satz im Verlag
Druck und Bindung: Friedrich Pustet, Regensburg
Printed in Germany

Für die Figuren dieser Geschichte

1

DIE SERRA MORENA ist steil, feucht und fruchtbar. Am Fuße des Gebirges leben die Malaquias, das Fenster ihres Hauses ist groß wie eine Tür, die Tür von der Gravität dunklen Holzes.

»Schnell, Adolfo!«

Donana rief ihren Mann zu Hilfe. Er schlug die Axt ins Holz und kam angelaufen. Das Wasser auf dem Grund des Brunnens glänzte, Adolfo ließ das Seil mit dem Eimer hinab, tauchte ihn ein und zog ihn an der Wand wieder hoch. Die Frau verrichtete keine schweren Arbeiten mehr, ihre Knochen waren brüchig, also segnete sie Kinderrücken und erhielt dafür Maismehl, Kaffee und Milch. Sie war weiß und rosig, die Lippen fein gezeichnet. Abgesehen von den Malaquias waren die Leute dort dunkel wie wild lebende Säugetiere.

Die Kinder stellten sich im Kreis um den Brunnen auf, das Grundwasser spiegelte drei Paar Hände, ein jedes umrahmte zwei glänzende Punkte und eine Nase: Nico hatte blaue Augen, war neun. Antônio, von kleiner Statur, war sechs. Júlia, dickbäuchig, vier.

2

SIE WAREN ALLE ins Haus zurückgekehrt, die Nacht war stürmisch, der Wind rüttelte an den Fenstern. Die Dachziegel klapperten, jeden Augenblick konnte der Sturm im Haus losbrechen. Die Eltern schliefen in dem einen Zimmer. Nico, Júlia und Antônio in dem anderen, alle in einem Bett, wie Embryos aneinandergeschmiegt.
Ein Kater streckte die Beine, die Wände strafften sich. Der Luftdruck presste die Körper gegen die Matratze, das Haus flammte auf und verlosch, eine Glühlampe mitten im Tal. Der Donner schallte lang, ehe er die gegenüberliegende Gebirgswand erreichte. Im Haus empfing die negativ geladene Erde den positiven Blitz aus einer aufgetürmten Wolke. Die unsichtbaren Ladungen trafen im Haus der Malaquias aufeinander.

Das Herz der Eltern befand sich in der systolischen Phase, die Aorta zog sich gerade zusammen. Die Hauptschlagader war kontrahiert, die elektrische Ladung konnte nicht durchfließen und sich erden. Als der Blitz sie traf, atmeten Vater und Mutter gerade ein, der Herzmuskel erlitt einen Schlag, der nicht abgeleitet werden konnte. Das Blut erhitzte sich auf Sonnentemperatur und verbrannte ihr ganzes Gefäßsystem. Ein innerer Brand, der Donanas und Adolfos Herz, dieses selbständig galoppierende Pferd, sein Rennen beenden ließ.

Das Herz der Kinder, aller drei, befand sich in der diastolischen Phase, die Schnellstraße des Blutes war frei. Das geweitete Gefäß behinderte nicht den Stromfluss, und der Blitz schoss durch den Aortenbogen, ohne das Organ zu schädigen. Die drei erlitten nur kleine, fast unmerkliche Verbrennungen.

Nico wachte auf und rührte sich nicht, wartete angespannt auf den Tag. Der Regen verhinderte nicht, dass es hell wurde, der Hahn blieb stumm. Licht drang durch die zerstörten Dachziegel im Schlafzimmer der Eltern, das Ehepaar lag starr auf dem Bett, doch niemand wäre auf die Idee gekommen, dass ein Feuerfunke sie innerlich verbrannt hatte. Die Matratze und die Ränder der Dachziegel waren verkohlt. Nico ging ins Schlafzimmer und erkannte den Zusammenprall von Energie und Fleisch. Antônio schlug die Augen auf, er stand unter Schock. Júlia war alarmiert, verharrte jedoch still, hob nicht das Augenlid. Nico hielt sie für tot. Er nahm Antônio bei der Hand, sie durchquerten das Wohnzimmer und folgten dem Pfad, der zum Tor führte. Dort setzten sie sich unter einen Busch.

Antônio zupfte Nico am Ärmel, ihn quälte der Hunger. Nico ging zurück ins Haus, der griffbereiteste Proviant war ein Stück Rapadura, gepresster Rohrzucker, das er in die nasse Hosentasche steckte. Er vernahm ein Geräusch im Schlafzimmer, es war die verschreckte Júlia. Sie kam aus dem Bett gekrochen, Nico lief auf sie zu und nahm sie auf den Arm. Ihre langen Beine schlackerten gegen seine Knie.

Antônio knabberte an der Rapadura, die beiden anderen trösteten sich gegenseitig. Kühe tauchten am Ende der Straße auf, dahinter ein Jugendlicher mit einem Stock in der Hand. Eiskaltes Wasser tropfte von seinem Hut, es hatte aufgehört zu regnen. Die Geschwister zitterten, blaue Lippen, kalte Füße.

»Nico!«

Timóteo arbeitete für Geraldo Passos, den Besitzer der Fazenda Rio Claro. Timóteo betrat das Haus der Malaquias und rannte sofort wieder hinaus. Er sagte nichts, hob die drei auf das ungezäumte Pferd, das die Herde begleitete, und setzte seinen Weg fort. Als Geraldo die drei Kinder sah, aufgereiht wie die Orgelpfeifen, befahl er der alten Haushälterin, Kaffee zu bringen.

»Timóteo, morgen bringst du die beiden Kleinen in die Stadt, ins Waisenhaus der französischen Nonnen. Der Große bleibt bei mir.«

Sie schliefen zu dritt auf dem Teppich neben Timóteos Bett, eingerollt zu einer Spirale. Bevor sie das Schlafzimmer verließen, steckte Nico der Schwester den Rest Rapadura in die Tasche.

»Weine nicht, ich komme euch holen.«

Die Kleine trocknete sich mit dem Rocksaum die Tränen, und die Rapadura fiel heraus. Antônio hob sie auf und steckte sie, mit der Schwester schimpfend, in seine Hosentasche. Timóteo brachte Antônio und Júlia auf dem Pferd weg. Sechs Stunden Weg in die Kleinstadt.

»Wo sind sie her?«, wollte Schwester Marie wissen.

»Ihre Eltern wurden versengt, der Blitz hat in ihr Haus eingeschlagen. Der Älteste ist auf der Fazenda geblieben, Seu Geraldo hat sich den Jungen geschnappt.«

Marie brachte die beiden in einen Hof, dort sollten sie warten, bis in einem der Zimmer ein Bett bereitet wäre.

3

»**LASS MICH MAL** deinen Hals anschauen.«
Nico machte den Mund auf, seine Mandeln waren entzündet.
»Tizica, hol Kräuter für einen Tee, er hat Halsschmerzen. Morgen fängt er auf der Kaffeeplantage an«, befahl Geraldo.
Tizica kümmerte sich um das Haus und nutzte die Maiskolben für alles Erdenkliche: Maisbrei, Feuer, Zigarettenpapier, Öl, Maispudding. Sie behandelte Nico mit irgendeinem Kraut und tat so, als sei es das richtige. Der Hals sollte sich ruhig noch ein wenig entzünden, dann musste der Junge wenigstens nicht in der Sonne arbeiten. Tizica brachte Nico Kuchen aufs Zimmer und fragte ihn aus.
»Wie sah der Körper deiner Mutter aus?«
Seit der Ankunft des Jungen war die Haushälterin unruhig, und irgendwann wandte sie sich an den Patron.
»Ich behalte Nico.«
»Es ändert nichts, wenn er dein Sohn ist, arbeiten muss er deswegen genauso. Morgen hilft er Osório beim Kämmen der Kaffeebohnen.«
Am nächsten Tag meldete Tizica, der Junge habe Fieber und sei in diesem Zustand zu nichts zu gebrauchen. Es würde nichts bringen, er mache nur Arbeit.
»Nico hat bereits eine Mutter verloren. So alt wie du bist,

dauert es nicht lang, bis er die nächste verliert«, antwortete Geraldo.
Die Tage vergingen schnell, Nico brachte den Arbeitern das Mittagessen auf die Kaffeeplantage. Das Fieber hielt sich hartnäckig, Spuren des Blitzes noch immer in den Augen des Jungen, flackernd. Eines Morgens stand er auf und ging in die Küche. Das glühende Holz verlieh ihm einen roten Schein, Maiskolben knackten im Herdfeuer, der tönerne Wasserfilter war trocken und leer.
»Leg dich wieder hin, mein Junge!«, sagte Tizica, die noch im Nachthemd war.
Als sie ihn an sich drückte, spürte sie das Fieber. Wenn es weiter stiege, würde es die Enzyme zerstören, die Weizenmehl in menschliche Energie umwandeln. Sie ging zum Brunnen, einen Eimer Wasser schöpfen. Den Jungen, der die morgendliche Kühle aufsog, nahm sie mit. Sie befeuchtete seinen Nacken, die Arme, die Stirn und goss schließlich den ganzen Eimer über dem mageren Körper aus. Sie hob das Nachthemd hoch, ließ die Lungen das Mondlicht aufnehmen.
»Du wirst dich erkälten.«
Tizica hörte ein Geräusch im Wald, es mochte ein Wolf sein, der auf die Hühner aus war. Wenn es stimmte, käme gleich Geraldo mit dem Gewehr heraus. Keine Minute später legte er unter dem Vordach den Finger an den Abzug. Er sah die beiden nicht, Nico war auf Tizicas Schoß eingeschlafen, sie saß reglos da. Das Geräusch kam näher, Nico schrie auf, als der Schuss ertönte. Der Wolf fiel neben den Zwiebeln zu Boden.

4

JÚLIA TRUG GESTÄRKTE Kleider und gebügelte Strümpfe. Antônio war gleichermaßen gepflegt. Die französischen Nonnen waren in katholischer Mission in die Kleinstadt gekommen. Sie liebten die Kinder, die heranwuchsen und unaufhörlich lernten. Talk- und Kekskrümel machten den Holzfußboden körnig. Die Krüge mit Erfrischungsgetränken waren bunt vom Saft der in der Kammer gelagerten Früchte. Starre Hüften, gekrümmte Rippen, gebeugte Rücken. Zarte Haut, gebleichte Laken, Broschen und Perlmutt am Abend.

»Vielleicht nimmt ja die arabische Familie die Kleine«, überlegte Marie, »sie ist ein folgsames Mädchen.«

»Ich schreibe ihnen einen Brief«, entschied Cecille und faltete die Hände.

Die Antwort kam einen Monat später.

Schwestern,
ich möchte das Mädchen nächsten Herbst kennenlernen.
Leila

Die arabische Matriarchin kam mit zwei Koffern an, sie wollte nur wenige Tage bleiben, nur die Klosterschule besuchen. Cecille bot Leila ein Zimmer mit Blick auf den Hof an. Vom Fenster aus sollte sie Júlia unbemerkt begutachten. Ihre Manieren, das Äußere, das Rohmaterial.

»Ich hole sie in vier Jahren wieder ab.«
»Wie fanden Sie Antônio?«
»Ich will nur das Mädchen.«
Marie und Cecille teilten es Júlia nicht mit, sie sollte es am Vortag ihrer Abreise in die Hauptstadt erfahren. Zu dieser Zeit fuhr auch Tizica in die kleine Stadt, um geblümten Baumwollstoff zu besorgen. Sie nutzte die Gelegenheit für einen Besuch bei Nicos Geschwistern.
»Ich würde sie alle drei nehmen.«
»Júlia hat bereits eine Bleibe gefunden«, sagte Marie.
Tizica kehrte mit Stoffen und Zimtbroten zurück. Sie erzählte Nico beim Essen, dass Júlia weit weg ziehen würde und dass Antônio keiner haben wolle. Bevor Geraldo ins Bett ging, wärmte sie dem Patron die Milch.
»Ich habe vor, mit Nico seine Geschwister zu besuchen.«
»Keiner geht in die Stadt, ich will euch beide hier haben.«
Timóteo saß auf dem Eingangstor, die Schuhe verdreckt, und zündete sich eine Zigarette an. Die Bäume waren hoch, die Wipfel zart, die Blätter prall vom Eukalyptusöl. Nico schleppte Holz in die Kammer, nur noch zwei Bündel, und die Arbeit wäre getan. Timóteo drückte die Zigarette aus, stieg herunter und kam auf ihn zu. Nico grüßte den Jungen, lief langsamer.
»Kannst du schwimmen, Timóteo?«
»Schwimmen? Wohin denn? Bist du übergeschnappt?«
Nico lud sich das letzte Holzbündel auf die Schulter und betrat das Haus.

5

NICO HATTE DIE Fazenda Rio Claro seit vier Jahren nicht verlassen. Sein kindliches Gesicht zeigte erste Anzeichen des Erwachsenwerdens. Nachricht über die Geschwister erhielt er von Tizica, die die beiden alle drei Monate besuchte.

Antônio brauchte lange, um Lesen und Schreiben zu lernen, er hatte Mühe, sich zu konzentrieren, war schüchtern, ließ niemanden an sich heran. Júlia war wortgewandt und erfuhr eine Sonderbehandlung, damit sie die süße Ausstrahlung nicht verlor. Sie wurde mit Lavendelwasser besprengt, ihr Haar mit dem Hornkamm geglättet.

Júlias Adoption war geregelt, Koffer und Papiere standen bereit. Das dunkle, polierte Auto hielt vor dem Portal der Klosterschule. Schwester Cecille stieg die Stufen hinab, um die Matriarchin zu empfangen. Leila küsste der Nonne die Hand und verlangte ihren Segen, der ihr mit einem mechanischen Murmeln zuteilwurde. Die Frau bat um eine zügige Abwicklung und den Verzicht auf jegliches Abschiedszeremoniell, damit sie gleich wieder fahren konnte.

Cecille holte gerade Júlia, als Marie hinzukam.

»Antônio weint, er bettelt, dass er auch mit darf, wollen Sie…«

»Nur das Mädchen.«

Leila konsultierte die Uhr am breiten Handgelenk, Marie hüstelte. Júlia erschien, gekleidet in ein weißes, an den Ärmeln besticktes Kleid. Der Glanz des Autos in der Sonne traf sie wie ein Lanzenstoß, sie blieb auf halber Treppe stehen. Cecille zog Júlia am Arm weiter und übergab der Matriarchin ihre Habseligkeiten. Sie passten in ein Handköfferchen.

Auf dem Weg sah Júlia Gebirgsrücken und Wasserfälle an sich vorüberziehen, durch die Entfernung wirkten sie wie gefroren. Weiße, starre Fäden mit einem Anfang und Ende. In der Stadt, als Überführungen und Tunnel hinter ihnen lagen und ihr von dem hypnotischen Starren schon ganz übel war, stieg Júlia vor der kleinen Villa aus.

Leila durchquerte mit ihr die Säle des Hauses. In der Küche servierte sie ihr eine auf dem Herd bereitgestellte Fleischsuppe, sah zu, wie Júlia sie schlürfte, aß selbst jedoch nichts. Das Mädchen wischte sich mit einer Serviette den Mund und wurde in ein kleines Nebengelass geführt. Leila stellte Júlias Koffer neben einem schmalen Bett ab. In dem Zimmerchen befand sich außerdem ein Kleiderschrank, ein Transistorradio und hinter der Tür ein Bügelbrett.

Das große Haus roch nach Kardamom, die Kronleuchter waren aus Bernstein, die Möbel aus Kastanienholz, im Tageslicht schimmerte es orange. Der Garten ordentlich gestutzt und in kultivierte Formen gepresst, auf dem Küchenbuffet Gefäße mit Datteln, auf dem sonntäglichen Tisch das Silber. Dahinter der Anbau, an der Seite die Treppe zu Júlias Kammer, zu ihrem Platz.

6

DIE FRANZÖSISCHEN SCHWESTERN erhielten Kinder von überall her. Ohne Vorbehalt nahmen sie Waisen auf und pflegten ihr Äußeres, um Adoptionsfamilien für sie zu gewinnen. Antônios elfter Geburtstag stand bevor. Seine Arme und Beine waren kürzer als der Rumpf, der für sein Alter ebenfalls klein war.

»Doktor Calixto ist da.«

»Ich empfange ihn, hol du Antônio.«

Calixto nahm auf dem Stuhl Platz. Daneben ein Bett mit Laken und Kopfkissen, vor dem Bleifenster ein dicker Vorhang, es war das Arztzimmer. Antônio trug ein Hemd, Bermuda-Shorts und Lederschuhe mit baumwollenen Schnürsenkeln. Calixto begutachtete den Jungen zwei Stunden lang. Dann nickte er, zum Zeichen, dass die medizinische Untersuchung abgeschlossen war. Cecille half Antônio beim Ankleiden und brachte ihn in den Speisesaal, wo die nachmittägliche Vesper serviert werden sollte.

»Schwester Marie, der Junge ist ein Zwerg«, erklärte der Arzt.

»Ein Zwerg? Was heißt das?«

»Zwergenwuchs. Er wird vermutlich Probleme mit der Lunge und den Herzkranzgefäßen bekommen, Schwester, wie alle kleinwüchsigen Menschen. Ich bin mir ganz sicher, er ist ein Zwerg. Gibt es in der Familie ähnliche Fälle?«

»Die Eltern waren normal.«

»Dann könnten seine Vorfahren Aufschluss geben über diese Fehlfunktion der Wachstumsdrüsen. Oder das Problem trat bei ihm zum ersten Mal auf. Gott möge mich nicht hören, aber mir sind schon Fälle zu Ohren gekommen, wo ehebrecherische Frauen mit einem behinderten Kind bestraft wurden.«

»Wenn Sie mich zur Tür begleiten wollen, Herr Doktor.«

Marie verabschiedete sich von Calixto und beobachtete anschließend vom zweiten Stock des Waisenhauses aus Antônio. Sie kannte keine Zwerge, nicht einmal die, die auf den Marktplätzen zur Schau gestellt wurden. Zu wissen, dass sie ein zwergenwüchsiges Kind beherbergten, war, als hätten sie Zugang zur Wiege des Universums. Marie wollte das Geheimnis ergründen, scheute aber gleichzeitig das Phänomen und die wissenschaftliche Erklärung. Im Hof wischte sich Antônio gerade mit dem Ärmel die Milch vom Mund. Er war so groß wie Moraes, ein Junge von sieben Jahren.

»Ich habe ja die Hoffnung, dass ein Großgrundbesitzer den Jungen für Haushaltstätigkeiten will, er könnte doch die Vorratsräume ausfegen«, sagte Cecille.

In einem Winkel des Saals saß Geraldina, Geraldos Mutter. Sie war die ständige Begleiterin des kleinen Antônio, war jedoch unsichtbar und dank dieses Zustands in der Lage, sogar den Schlaf des Zwergs zu beeinflussen. Der Junge schlief neun Stunden täglich, mit Herzschwankungen, bedingt durch die Träume und Geraldinas Einflussnahme.

Antônio erinnerte sich kaum noch an das Aussehen seiner Eltern, es war zu Pünktchen zerfallen, ohne die verbindende Linie. Wohl aber erinnerte er sich an ihre Stimmen. Ein weiblicher Klang, der sich mit einem Donnern mischte, das hohe Leise mit dem Lauten.

7

DAS HAUS DER Malaquias blieb nicht lang allein, Nachbarn holten sich die Habe der Familie. Die Besitzer waren tot, die Kinder irgendwo in der Welt, also gehörte sie dem, der als erster kam. Und es kam Eneido, der Nachbar der Malaquias, ebenfalls angestellt auf der Fazenda Rio Claro. Mit der Autorität eines Verwandten nahm Eneido alles mit: Töpfe, Reismühle, Wolldecken, die Wolle zum Füllen der Säcke, gefilzt von Donana. Holznäpfe, Hühnerstall, Hennen, Hahn, Enten, den reifen Mais. Die trockenen Dinge lagerte er im Speicher, die feuchten in Kalebassen und Kürbissen.

Das Haus blieb leer zurück. In der Nachbarschaft galt jedoch die offizielle Meinung, das Anwesen gehöre Nico, Júlia und Antônio. Eneido sollte sich darum kümmern, bis die Kinder volljährig wären.

Geraldo interessierte sich ebenfalls für das Haus, nicht für das Gebäude, sondern für den Sturm, der in ihm getobt hatte. Er erkannte andere Mächte nur an, wenn sie über ihm standen, und obwohl Blitze auch den Boden berührten, erreichten sie doch die Wolken, was noch unheilvoller war. Ab und zu schickte er Timóteo los, um nach dem Haus zu sehen. Nur nachsehen, nicht putzen, nichts anrühren. Nachdem Eneido Möbel, Kleider und Vorräte herausgeholt hatte, ließ er die Wände und Decken Luft aufnehmen. Da er in der Nähe des Grundstücks wohnte, bemerkte er

Timóteos Besuche bei Tage und Geraldos bei Nacht. Der Großgrundbesitzer war Junggeselle und noch recht gut in Form, er brachte ein paar Mädchen in das verkohlte Schlafzimmer. Eneido sprach nicht darüber, denn Geraldo war sogar Herr über das, was er nicht besaß.

Eneido beobachtete das Treiben in dem verlassenen Haus. Während die Seinen schliefen, schlich er sich auf der Schotterpiste zu dem mit Chuchu-Zweigen verstärkten Zaun. Er ging in die Hocke, entfernte die eine oder andere Frucht, um freie Sicht zu haben.

Er sah, wie Geraldo einer Dunkelhäutigen die Träger des Kleides abstreifte, sie ungestüm wie ein Stier entkleidete. Die Schwarze entschlüpfte dem baumwollenen Kokon, ihre Arme wanden sich aus dem Stoff und schlangen sich um den Hals des Stiers. Eneido nahm selbst an seinem Platz noch den Geruch der Frau wahr. Sie war nicht die Jüngste, war eine zupackende, mit dem Fleischlichen vertraute Frau, die dem Säugetier ihre Brust darbot. Sie richtete sich auf, wurde größer und kurviger, auf dem Rücken eine Spur. Eine kleine, vom Nacken bis zur Hüfte reichende Rinne füllte sich mit Schweiß. Eneido erahnte Geraldos Stöhnen, das Paar wirbelte Staub auf, kleine Steinchen schrammten die Füße in ihrem Hin und Her.

Vollblütig wie Geraldo waren dort fast alle, Eneido eingeschlossen. Zu Hause angekommen, sah er nach den schlafenden Töchtern. Zwei frische, mit einem Laken bedeckte Mädchen, aneinandergekuschelt. Er fuhr der Jüngeren mit den Fingern zwischen die kleinen Schenkel, legte sie auf das dampfende Geschlecht. Niemand bemerkte es, nicht einmal sie selbst spürte es in einer Weise, dass sie davon aufgewacht wäre.

Als Geraldo auf die Fazenda zurückkam, versteckte er ein in ein Höschen gewickeltes Medaillon unter seiner Matratze. Die Frau trank in ihrem Zuhause, das sie mit anderen Mädchen teilte, ein Glas Milch und weichte das mit Geraldos Säften gestärkte Kleid in Seifenlauge ein.

8

GERALDO WAR NICHT der einzige Großgrundbesitzer, es gab andere, in ziemlicher Entfernung, weil die eigenen Ländereien schon so weitläufig waren. Er hatte nicht geheiratet, wegen seiner Mutter, hatte sie bis zu ihrem Tod gepflegt. Nach Geraldos Geburt befiel Geraldina eine unerklärliche Krankheit. Sie hatte keine Schmerzen, doch ihre Augen tränten unaufhörlich, ein gelblicher Saft umgab die schwarze Iris. Sie wurde nach Geraldo noch dreimal geschwängert. Dreimal erlitt sie klumpige Blutungen, ihre Gebärmutter hielt kein Leben mehr. Die Kinder, die sie verlor, stets im vierten Schwangerschaftsmonat, begrub sie in der Nähe des Flusses. Sie schnürte aus den blutigen Fleischklumpen ein Bündel, band den Stoff mit einem getrockneten Strohhalm zu und betete für die Seelen dieser Wesen, die sie nicht hatte zur Welt bringen können.
Geraldos Vater starb nach der dritten Totgeburt. Die Fehlgeburt hatte ihn impotent gemacht, er verlor die Kraft in den Beinen, seine Nieren wurden träge, der Geist schwach. Die Matriarchin zog Geraldo alleine auf. Ohne Angst, ohne Mäßigung nahm der Junge von allem Besitz. Seine Stimme tönte voll, wie ein Horn, nur weniger langgezogen.
Geraldina Passos starb zu Beginn eines Sommers, doch die Bestattung ihres Leichnams löschte ihre Person nicht aus. Zurück blieb eine Art Rest, der, wenngleich winzig und

durchscheinend, doch über eine zusammenhängende materielle Struktur verfügte. Sie lag in der Luft wie Staub auf einer nicht gewachsten Frisierkommode, ein bloßer Atem konnte ihn aufwirbeln.

In den ersten Monaten blieb sie zu Hause, in einem Winkel ihres Schlafzimmers. Tizica bekreuzigte sich, wenn sie den Raum fegte, den Geraldo verschlossen halten wollte. Am ersten Weihnachten ohne Geraldina setzte Tizica Milch auf, und die Milch erhitzte sich nicht. Träge und reglos verharrte sie in dem Emaillekännchen, fett von dem Gras, das sie hervorgebracht hatte, kein Molekül wurde von der Temperatur in Bewegung gesetzt. Kein einziges Bläschen stieg auf, die Oberfläche unverändert glatt.

Tizica berichtete in der Nachbarschaft von diesem Phänomen und erntete Widerworte.

»Wenn du nicht aufhörst, lockst du die Tote nur an.«

»Mach dir keine Sorgen, was tot ist, ist unter der Erde.«

9

JÚLIA BEWOHNTE IHR Zimmerchen im Nebengelass mit demselben Widerstand, mit dem sie auch das Waisenhaus bewohnt hatte. Das Gesicht lag nie ganz auf dem Kissen auf, zwischen ihr und der Umwelt stets eine kleine Lücke. Sie durfte sich im Haus nur mit Erlaubnis von Leila, ihrer Adoptivmutter, bewegen. Sie aß in der Küche und musste sich abends auf ihr Zimmer zurückziehen. Sonntags brachte Leila Júlia in die Küche, damit sie Dolfina half, der Frau, die sich seit Jahren um die Villa kümmerte und ebenfalls im Nebengelass schlief.
»Wie lange wohnen Sie schon hier?«
Dolfina schnippelte das Gemüse, das das Mädchen nach und nach aus dem Kühlschrank holte.
»Das weiß ich schon gar nicht mehr, Leilas Mutter hat mich hergeholt, ich war schon recht groß.«
Leila empfing so wichtige Besucher, dass weder Júlia noch Dolfina sich ins Wohnzimmer trauten. Wenn die Speisen serviert waren, hörten sie Radio. Manchmal durfte Júlia auch in Dolfinas Zimmer schlafen, sie legte dann ihre Matratze neben die Tür.
Die angenehmste Arbeit war das Zusammenlegen der Kissenbezüge und Handtücher. Bei den Hemden und anderen Textilien musste man aufpassen, dass sie nicht knitterten, und Júlias Hände waren nicht besonders geschickt. Kissenbezüge und kleine Handtücher hingegen ließen sich leicht

und angenehm falten, der weiche, duftende Baumwollstoff parfümierte die Hände. Sie schaffte es nur nicht, sie aufzuräumen, die Regale waren zu hoch. Júlia aß, was man ihr vorsetzte, Brühe mit Hühnerklein, Hefezopf mit Anis. Am liebsten mochte sie erdig Schmeckendes, oder zumindest rostrot Gefärbtes. Honig, ganz gleich welcher Blüte, aß sie wie einen Kanten Brot, langsam kauend.

Im darauffolgenden Sommer brachte Leila Dolfina auf ein großes Schiff, die Hausangestellte sollte Leilas Schwester auf einem anderen Kontinent Gesellschaft leisten. Für die Zeit ihrer Abwesenheit kam Ludéria, eine Köchin, die arabische Bankette auszurichten, Sultansgetränke zu brauen verstand. Erfrischungsgetränke aus Rosenblättern nässten goldgeränderte Kristallgläser, im Wohnzimmer Zierkissen und orientalische Musik. Júlias Hände erstarrten, wenn Ludéria in der Nähe war. Eines Tages bekam sie Fieber, leicht nur, aber hartnäckig. Sie dachten, es seien Würmer aus der Zeit des Landlebens, Untersuchungen wurden veranlasst, um eine Anämie auszuschließen.

»Sie macht uns nur was vor«, sagte die Köchin.

»Es ist nicht ihre Art, Leuten was vorzumachen. Sie sind ihr fremd, sie ist an Dolfina gewöhnt«, antwortete Leila.

»Bleibt Dolfina noch lange weg?«

»Sie kommt nicht wieder.«

Leila erklärte, die Hausangestellte sei auf dem Schiff verstorben. Sie sei schon alt gewesen, und auf der Reise hätten ihre Nieren versagt. Ludéria stellte sich die Hitze auf dem Schiff in der Sonne vor und schüttelte sich.

»Sobald das Fieber der Kleinen gesunken ist, erzähle ich es ihr.«

10

NICO WURDE ZWANZIG. Antônio sechzehn. Julia fünfzehn. Unten im Tal wurde Jahr für Jahr an der Kapelle ein Winterfest gefeiert. Nico hatte sich zu einem blonden, kräftigen Jungen entwickelt und durfte am Abend zum Fest. Lust zwickte ihn in der Unterhose, und am Festtag kämmte er ausgiebig das Haar. Mit seiner glatten, an den Wangen geröteten Haut wirkte er wie ein Apfelbaum.
Ganze Tierleiber brieten über der Glut. Warme Getränke dampften in den Krügen. Die Nacht schritt voran, schwarz das Firmament, das Holz der Kommoden ächzte in den Schlafzimmern der Häuser, auf dem Volksfest ging es hoch her. Bei diesen Festivitäten bildeten sich Paare, wurde die Zukunft bestimmt oder nur der Lust gefrönt, damit das Blut bis in die feinen Äderchen der Fersen strömte.
Maria betrachtete den blanken Fluss und das darin gespiegelte Firmament, dunkler als ihre Augen. Die milchigweiße Haut des Flusses erzitterte im sanften Wind, wurde gleich wieder glatt. Maria wohnte nicht weit weg, hinter den Bergen, im nächsten Tal. Sie war dunkelhäutig, hatte glattes Haar, kleine Augen, ein zartes Lachen auf den zierlichen Lippen. Mit gesenktem Kinn betrachtete sie die Jungen, ihr Blick glitt von oben nach unten, vor und zurück, als würde man ihr gerade einen Brief unter der Tür durchschieben.
Nico sah sie und sonst nichts mehr für den Rest des

Abends. Maria wurde von einem redseligen Mann in Beschlag genommen, der sich über sie beugte und sich ihrem Ohr näherte. Einen Fuß auf einen Baumstamm gestützt, schwangen seine Arme hin und her, gestikulierte er langsam und ausladend. Maria blieb auf ihrem Holzstamm sitzen, der junge Mann hofierte sie weiterhin. Dann ging er weg und kam mit einem Stück Fleisch auf einem Teller wieder. Einem dicken Stück, bestreut mit körnigem, vom Rinderblut feuchtem Maismehl. Er hockte sich hin und bot ihr die Hälfte des Fleisches an. Sie lehnte mit einem Kopfschütteln ab und blickte zur Seite, ließ ihn in Ruhe, damit seine Eckzähne die Beute niederreißen konnten.

Sie sprachen nicht mehr, der junge Mann zerpflückte auf seiner Handfläche eine kleine Menge frischen Tabaks. Sein Geruch breitete sich um ihn herum aus. Dann umwickelte er den Tabak mit Maisblättern, zündete ihn an und sah den Rauchschwaden nach.

Nico trank Zimtschnaps, der in seiner Kehle brannte.

»Stehst du nur rum, Nico?«, fragte Timóteo und stützte sich mit dem Ellbogen auf der Theke ab.

»Ich gucke nur.«

»Wer nur guckt, ist ein Wolf vor dem Hühnerhaus.«

»Wie heißt das Mädchen dort am Fluss?«

»Die mit dem Kerl? Die ist aus dem Nachbartal, aus Vale Aparecida, ungefähr zwanzig Kilometer von hier. Kommt zu jedem Fest, sitzt immer so da.«

»Ist das ihr Freund?«

»Der ist nicht von hier, beim letzten Mal war es genauso, sie saß da unten, und ein Kerl vom Land um sie rum.«

»Sie mag bestimmt keine blassen Männer.«

»Dafür hast du blaue Augen, reiß sie auf, damit die Frauen dich sehen.«
Maria stand auf und kam auf die beiden jungen Männer am Fleischstand zu. Ohne sie zu beachten, ging sie vorüber. Nico atmete den Zitrusduft ihrer gewaschenen Haare ein, seine Nasenflügel weiteten sich, seine Finger verspannten sich.
Maria wartete auf ihr Bratenstück und zog die Wollkapuze über die parfümierten Haare, nicht nur wegen der nächtlichen Kälte, sondern auch, damit sie nicht eingeräuchert wurden.
»Darf ich dich ansprechen?«, wagte Nico einen Vorstoß.
»Sprich doch einfach.« Sie grinste und sah Nico nicht an, wurde jedoch sofort ernst, als sie ihn schließlich anblickte.
»Wie heißt du?«
»Maria.«
»Ich heiße Nico.«
»Wer sind deine Eltern?«
»Ich wurde von Geraldo großgezogen, auf der Fazenda Rio Claro.«
»Und wo sind deine Mutter und dein Vater?«, wollte Maria wissen, die wieder lächelte, wenngleich sparsam.
»Sie wurden vom Blitz erschlagen.«
Marias Braten erkaltete auf dem Teller, sie hörte Nico zu, der sich öffnete und erstmals getröstet fühlte. Er erzählte, was er in den letzten elf Jahren gesehen und was er nicht gesehen hatte. Von der mütterlichen Zuneigung, die ihm Tizica, die alte Haushälterin, entgegenbrachte, bis zu Júlias Adoption durch eine ferne Familie.
»Deine Schwester ist jetzt reich«, schloss sie.

»Tizica hat nichts mehr von Júlia gehört, sie ist schon alt und fährt nicht mehr in die Stadt.«
Von der anderen Seite des Stands beobachtete der Dunkelhäutige Nico.
»Dieser hinterhältige Portugiese ist bestimmt mit ihr verwandt, sonst würde er nicht so mit ihr reden«, bemerkte er zu dem Kellner am Stand.
»Der ist mit Geraldos Timóteo gekommen, ist vom Gutshof. Verwandt, ach was, der Junge hat keine Familie.«
Der Dunkelhäutige trat auf die beiden zu und verabschiedete sich, den Hut ziehend, von Maria. Sie erwiderte den Gruß mit einem schwachen Winken.

11

NICO PFLÜCKTE DIE reifen Kaffeebohnen von den Zweigen und warf sie in den Strohkorb. Timóteo überwachte die Sandpisten der Kaffeeplantage. Die Tage gingen ins Land, langsam glitten die Stunden dahin, das Triebwerk der Zeit war geölt. Auch in Nico breitete sich eine Kraft aus. Maria hatte den Korken gelöst, der das Trauma unter Verschluss gehalten und verhindert hatte, dass es in der Sonne trocknete.

In dieser Zeit stellte Nico auch eine partielle Taubheit bei sich fest, eine Auswirkung des Donners. Selbst als Erwachsener kühlte er sich noch im Mondlicht ab, und wenn das Feuer in seinem Nacken brannte, ging er zu nächtlicher Stunde hinunter an den Fluss, der die Fazenda säumte, und legte sich bäuchlings ins feuchte Laub. Wie ein Baby, das Muttermilch einsaugt, absorbierte er das Licht, zur Stärkung der Wirbel, damit die Kalkfortsätze hart würden wie Edelholzstämme. Tizica wusste, wo der Junge herkam, wenn er mitten in der Nacht nach Hause zurückkehrte.

»Wenn das Geraldo erfährt…«

Im Geiste rief er Maria, und das Mädchen schlug anmutig die zarten Waden übereinander, er sah ihr majestätisches Profil. Sie schien von einem Königsgeschlecht abzustammen, die Hände ruhten sanft auf dem getüpfelten Kleid, kleine Punkte auf weißem Grund. Die Schuhe passend zu dem leinenen Kragen und den Bündchen. Sie war nicht

reich, das bewies ihre Anwesenheit auf dem Bauernfest. Klein war sie, ein Pünktchen im Tal.
Eines Vormittags tauchte sie an der Pforte auf. Tizica empfing das siebzehnjährige Mädchen, stellte ihr ein Stück Kuchen und eine Tasse Kaffee hin.
»Nico kann erst in der Mittagspause. Bleib still hier sitzen, damit du niemand störst, ich mache inzwischen meine Arbeit.«
Maria setzte die Tiara, die ihr Haar zierte, auf und wieder ab, zweifelnd, ob sie sich krönen sollte oder nicht.

12

MIT ELF WAREN Antônios Arme und Beine kurz und dick. Die Kinder, die in die Klosterschule kamen, lachten, wenn er lief. Schwester Cecille verurteilte dieses kindliche Lachen, wenn sie es hinter dem Vorhang beobachtete. Seine Hüften wurden breiter, breiter als die Beine es aushalten konnten. Eine Brücke auf schwachen Pfeilern, die den Beinen ihre endgültige, gebogene Form gab. Er war schweigsam und verträumt, half lieber in der Küche als beim Saubermachen des Hofs, was Aufgabe der Jungen war. Er mochte die jungen Mädchen, und die wurden durch ihn nicht eingeschüchtert, da er keine Pubertät verströmte. Mit elf suchten andere Jungs Unterhöschen auf der Wäscheleine oder Röcke, die sich im Wind blähten, Antônio nicht. Seine Drüsen schienen noch zu schlafen, er betete Vaterunser und Ave-Marias, die Fingerkuppen zart, sonntags stimmte er den Rosenkranz an. Er liebte die Frisiertische der Schwestern, aber nicht, weil er selbst gern Frau gewesen wäre. Im Gegenteil, er sehnte sich danach, eine Frau zu haben, auf so selbstverständliche und untrennbare Weise, wie man Haut über den Muskeln hat.

Wenn er mit der Küchenarbeit fertig war, ging er nach oben in die Zimmer der Schwestern und zog eine der schweren Schubladen auf. Er stellte sich vor die Kommode und vergrub sein Gesicht in den Unterhosen der Nonnen, rieb sich an dem Holz und roch die Frische der Kernseife.

Tief gruben seine Arme sich ein, bis hinunter zum hölzernen Grund, dann tauchte er wieder auf und begann von vorn. Marie ging nur zum Schlafen auf ihr Zimmer, in der restlichen Zeit widmete sie sich in anderen Räumen ihren klerikalen und pädagogischen Aufgaben. Der erste Samen ergoss sich in einen Unterrock, den Antônio dann zusammengeknüllt in der Hose herumtrug. Später packte er ihn in seinen Koffer, und dort blieb er.

Er wurde nie erwischt. Antônio tauchte ein in die großen Unterhosen, und niemand bemerkte, wie ein mit dem Oberkörper in einer Schublade steckender Zwerg die Zügel fahren ließ.

Draußen welkten zwei Wolken und berieselten die Dächer und das Pflaster der Kleinstadt. Antônio fischte einen Ball aus einer Wasserpfütze im Hof und stolperte über seine krummen Beine. Er legte sich auf eine der großen Bänke auf der Veranda und wartete auf die Sommerhitze. Den ganzen Nachmittag über waren seine Kleider nass, abends um sieben wurde laut Hausordnung der Schlafanzug angezogen, doch erst vor dem Schlafengehen tauschte er das klatschnasse Hemd gegen den trockenen Flanell. Marie versuchte einer Grippe vorzubeugen und verabreichte ihm einen Kräutertee.

13

NACHDEM GERALDO GERALDINA beerdigt hatte, setzte er nie wieder einen Fuß auf den Friedhof. Zum Familiengrab waren es vom Gutshaus aus nur zwanzig Meter. An seinen Stiefeln klebte noch der Lehm von der Beerdigung, den Hut setzte er nie wieder auf, er landete in der Schachtel mit den Kleidern der Mutter. Geraldina stammte von den Cataguase-Indianern ab, den letzten Indianern, die das Tal der Serra Morena bewohnten. Der Stamm lebte an den Ufern der Flüsse und Seen, glaubte an Geister und schützte sich vor ihnen mit den Gebeten der Medizinmänner. Geraldinas Mutter erfuhr von einem alten Krieger, sie trüge trübes Wasser im Leib und ihre Nachfahrin werde ebenfalls Brackwasser im Leib haben. Ihre Stammeslinie sei mit einem alten Lanzengift vergiftet worden, es kam von einem Feind, der tagsüber schlief. Und sie erfuhr weiterhin, dass der Fluch, träfe er sie und ihre Nachfahrin, sonst niemanden treffen würde. Eine Person aus dem Stammesverband wäre der Filter für das Dorf, Geraldina und ihr Wasser das Opfer und die Monatsblutung der Serra Morena.

Bei einem Angriff auf das Dorf starb Geraldinas Mutter, fernab des Tals, auf der Flucht vor Banditen. Dieser Überfall dezimierte den Stamm noch nicht, schwächte aber viele seiner Mitglieder. Geraldina wurde von einer Witwe großgezogen, die sie im Wald herumirrend gefunden hatte, auf der Suche nach ihrer Mutter. Der Medizinmann entschied, die Witwe dürfe bleiben, weil sie nicht nur eine Cataguase-Indianerin gerettet hatte, sondern zudem einem schwarzen Wal von der anderen Seite des Tals entkommen war. Also verdiente sie es, aufgenommen zu werden.

Nach einem zweiten und letzten Angriff tat sich Geraldinas Adoptivmutter mit einem der Bandeirantes zusammen, einem Pionier, der Land erobern wollte. Die eindringende Bande tötete die Anführer der Cataguase-Indianer und löschte damit den Stamm aus. Der Mann mit der Fahne hinkte seit diesem Gefecht und beschloss, keinem Schatz mehr hinterherzulaufen, er hatte genug. Der Pionier mit Nachnamen Passos ließ sich auf dem Indianerland nieder und ließ seine Geschwister, Vettern und Cousinen holen, damit sie in der Serra Morena ein Dorf gründeten. Geraldina wuchs bereits als Großgrundbesitzerin heran und heiratete einen Vetter. Die Familie Passos war die reichste Familie der Gegend. Geraldina empfand Hochachtung vor den französischen Nonnen, die in der nahe gelegenen Kleinstadt, zu Füßen der Serra da Tormenta, die Klosterschule gründeten. Zu Lebzeiten besuchte sie die Nonnen nie, wusste nicht einmal, wie sie aussahen und sich kleideten.

Nach ihrem Tod konnte Geraldina reisen, wohin sie wollte. Hätte man sie tausendfach vergrößert, wäre die Struktur der Matriarchin deutlich geworden: Eine Kette aus Molekülen, Kügelchen, die sich mit einer gewissen Autonomie bewegen konnten.

In die Klosterschule kam sie mit einem fliegenden Händler, der Fazendas und Dörfer abklapperte. Geraldina steckte zwischen den Sirupflaschen. Sie blieb in der Küche der Schule, bis sie sich akklimatisiert hatte, flanierte dann über den Hof und gelangte in die Zimmer, eine Zecke, die ein Bein suchte. Sie hängte sich an eine Waise, ein blutleeres Geschöpf, das kurz vor Antônios Ankunft starb.

Geraldo hatte immer noch Angst vor ihr, Angst vor diesem Wassertümpel, den seine Mutter darstellte, ein Ort, wo Stiefel keinen Abdruck hinterließen und Morast die Bewegungen hemmte. Geraldina hingegen suchte Geraldo zu irritieren, sie wollte ihn loswerden, er sollte aus dem mütterlichen Tümpel hinausspringen wie ein von einer Pfote verjagter Floh.

14

NICO RANNTE LOS, als er über Timóteo von dem Besuch erfuhr. In der Küche hing Bratendunst, das Blut der Henne wurde im heißen Sud zum Omelette. Das Mittagessen sollte serviert werden, Maria roch nach Fleisch. Nico war überglücklich, es war das zweite Mal, dass sie sich sahen.
»Willst du meinen Vater kennenlernen?«
Nico hatte sich Maria von Anfang an nah gefühlt, sich ihr offenbart wie nie im Leben. Dieses bereits enge Band traf auf die Hoffnung des Mädchens, diese wiederum auf die des Vaters, der nun wissen wollte, woher der Pfeil kam. Maria war ein entschlossener Mensch, die Wahl war getroffen.
»Ich habe ihm alles erzählt, er will deine Augen sehen.«
Maria hatte mit Dário, ihrem Vater, über Nico gesprochen. Dieser trieb die Sache voran, weil er sah, dass das Mädchen ins Netz gegangen war. Als Vater von vier weiteren Töchtern wusste er auf die Mußezeiten zu achten. Läge abends um sechs Zärtlichkeit in ihrem Blick und überschritte dieser den Horizont der Grundstücksgrenze, würde er dem Zauber auf den Grund gehen. Maria sprach in feierlichem Ton von Nico, einen anderen fand sie nicht, und während des Redens merkte sie, wie sie sich einer Verbindung hingab, die noch kaum geboren war.
Nico setzte sich auf die Holzbank, vor sich der heiße Teller, daneben ein Glas, das Zitronenfrische ausdünstete.

Maria setzte sich zu ihm.
»Ich mach dir auch einen Teller, Mädchen, und ein Glas Zitronensaft, um dein Gesicht zu kühlen.«
Tizica legte Maria das glänzendste Besteck und eine Stoffserviette hin. Das Mädchen hatte etwas Vornehmes, trotz der offensichtlich einfachen Herkunft. Lange Finger, ein Gesicht wie eine Frucht am Baum.
»Ist dein Vater streng?«
»Er tut so, als sei er streng, nach außen hin.«
Nico trank nur, aß nicht. Seine Zähne waren unruhig, nicht in der Lage, sich in seinem Mund zu verankern und das Mittagessen zu kauen.
»Wann müssen wir los?«
»Wir nehmen den Bus um halb sechs.« Maria glättete ihren Rocksaum, fuhr mit den Fingern über die Rückseite der Stickerei am Ärmel, sie musste immer alles prüfen.
Tizica suchte Nicos Blick, wollte mit dem liebevollen Ausdruck ihre Zustimmung geben, ließ aber auch ihre Eifersucht auf diese zarte Liebe durchblicken, die Angst vor seinem unweigerlichen Weggang aus diesem Haus. Doch Tizica genügte es, Flussufer gewesen zu sein für den heranwachsenden Jungen, nun kräuselte Maria das Wasser.
»Ich geh mit ihr Orangen für die Marmelade pflücken«, verkündete Tizica.
Er kehrte zurück zur Kaffeeernte, sie ging in den Obstgarten, Orangen ernten. Beide hatten es eilig, das Hin-und-her-Laufen zwischen den Pflanzen machte irgendetwas dringlicher. Tizica bot Maria ein Tuch an.
»Damit die Sonne nicht deinen Kopf und deine feinen Haare verbrennt.«
Maria band das Tuch um, darüber die Tiara, wie eine Kro-

ne, das Tuch so hell, ein Kränzchen. Sie füllte nach und nach den Korb, lief über Laub, zertrat trockene Blätter auf feuchtem Grund.
»Wie alt ist Nico?«
»Er hat kein Alter, der Junge ist noch nicht mal richtig geboren.« Tizica wischte sich mit dem Handrücken den Schweiß von der Stirn.

15

JÚLIA TROCKNETE IHRE Haare mit dem Handtuch, band sie zu einem damenhaften Dutt zusammen, setzte die aschgraue Leinenhaube auf und ging hinunter. Leila saß in der Küche, unweit des Tisches. Geschminkt, weites Seidenkleid, abendliches Parfüm mit Holznote.

»Setz dich, ich will mit dir über Dolfina reden.«

»Wann kommt sie wieder?«

»Das Schiff war sehr voll, sie hatte Probleme mit dem Blutdruck und hat einen diabetischen Schock erlitten, dann haben ihre Nieren versagt, und das war zu viel.«

»Ist sie tot?«

Eine perfekt geformte Kugel löste sich aus Júlias Augenwinkel und platzte auf ihrem Gesicht auf.

»Arbeite, so kommst du am Besten über den Schmerz hinweg. Nach dem Mittagessen kannst du dich ausruhen.«

Júlia sah Leila durch flüssiges Licht, eine weitere Träne steckte in ihrem Augenwinkel.

»Und jetzt?«

»Du hast doch Ludéria, sie ist in Ordnung.«

Leila ging hinaus, Ludéria kam herein, wie einstudiert, es war ihr erstes Beisammensein. Ludéria nahm sich Obst, legte es in einen Korb und begann zu schnippeln. Kleine Würfel für den Nachtisch, darüber käme eine Creme.

»Du wirst mich schon noch mögen, man muss den mögen, den man hat.«

Júlia nahm die Äpfel. Sie schnitt kraftlos, die Klinge rutschte auf der polierten Oberfläche ab, fast wäre sie in ihre Pulsschlagader geglitten. Dolfina war nach den Französinnen die Frau gewesen, an der Júlia sich orientiert hatte, die sie hatte glauben lassen, dass ein Tag auf den anderen folgen würde. Ein Zusammenleben, das Routine schuf, eine Beständigkeit, die zwei Beine unter einem kraftlosen Oberkörper aus Mineralsalzen und schwachen Nerven aufrecht hielt. Ohne Dolfina fingen ihre Beine wieder zu wackeln an. Sie suchte die Schwäche der Ohnmacht, doch die kam nicht.
»Sieh mich an, Júlia.«
Júlia rührte sich nicht.
»Am Sonntag nehm ich dich mit in die Kirche, damit du wieder klar wirst im Kopf, ich kann nicht so gut reden, aber der Pfarrer schon.«
Schweiß traf am Hals auf zwei Tränen, das Bildnis der Jungfrau Maria neben dem Bleiglasfenster, eine Frau in Winterkleidung, ein Baby auf dem Arm, der Kopf bedeckt. Das andere, der heilige Judas mit dem sanften Blick eines Briefträgers. Die beiden Papierrollen wären gut zum Kartoffeleinwickeln, dachte sie.
Während ihrer Kindheit bei den Schwestern war sie gedrillt worden, Beine geschlossen beim Sitzen, ordentliche Tischmanieren, leise Stimme. Eine Marmorstatue im Park, deren Quelle beherrscht sprudelte. Leila beschnitt Júlia ebenfalls, sie wollte sehen, was für Früchte sie trug, wenn sie sie stets gestutzt hielt. Das Mädchen blutete bei jedem Schnitt, doch die Haut vernarbte geduldig, und das Chlorophyll brachte ihr die Ideen, wie sie die Welt erreichen könnte, unterschwellig wieder zurück.

16

CECILLE UNTERZEICHNETE PAPIERE. Marie nahm eine Tablette.
»Wir müssen es Antônio sagen.«
»Es ist noch zu früh.« Marie stieß ein Wasserglas um.
»Er wird von den Alten und von den Jungen abgelehnt, und schlimmer noch, auch von den Besuchern. Ein Zwerg. Er weiß bereits, dass er anders ist, wir sagen ihm nur den Namen der Krankheit.«
»Es ist keine Krankheit, es ist ein Schicksal wie jedes andere.« Marie betrachtete das Fenster und suchte nach Staub.
»Ich erzähle es ihm.«
Antônio war in Maries Zimmer, das Gesicht in der großen Schublade vergraben, die Nase in den Unterröcken, die Hände in den Seidenstrümpfen, es waren ja französische Nonnen. Geraldina erreichte Antônios Hals und zwickte ihn, kleine Sprünge vollführend, in den Nacken, machte ihn wachsam. Marie ging an der Zimmertür vorbei, trat aber nicht ein. Sie lief den Flur entlang, der über eine Wendeltreppe in den Hof führte. Antônio stieg von seinem Hocker herab, schloss die Schublade und blieb hinter der Tür stehen. Er verspürte eine kleine Gänsehaut im Nacken. Dann öffnete er die Tür, blickte in beide Richtungen und stieg dieselbe Treppe hinab wie Marie. Er sah, wie sie einen der Jungen etwas fragte, worauf der den Kopf schüttelte. So ging es mit drei anderen. Zwei Türen weiter kam der Speisesaal, Antônio lief an der Wand entlang, ohne auf den

Hof zu blicken, wollte dorthin zurück, wo er vorher gewesen war. Geschwind betrat er den Speisesaal, verließ ihn aber sofort wieder, wie jemand, der die ganze Zeit dort drin gewesen war und nun frische Luft schnappen wollte. Er traf auf Marie.
»Antônio, komm mal mit.«
»Jawohl, Senhora.« Er spürte ein Stechen auf einer Gesichtshälfte.
Erneut stieg er die Treppen hoch, derselbe Korridor, und schließlich das Zimmer. Cecille war nicht da, Marie setzte sich hinter den Schreibtisch und holte Unterlagen aus einer Schublade.
»Erinnerst du dich noch an die Untersuchungen, die wir durchgeführt haben?«
Antônio antwortete nicht, folgte ihren Händen, die ein weißes Blatt Papier aus einem grauen Umschlag zogen, das ärztliche Gutachten.
»Du wirst immer diese Größe behalten, bis du alt bist. Das Schicksal lässt sich nicht ändern. Aber den Kindern gehört das Himmelreich, vergiss das nicht, mein Sohn, deine Größe ist möglicherweise ein Zeichen für ein Kindsein, das nie aufhört.«
»Und wann kann ich wachsen?« Antônio war erleichtert. Nicht zu wachsen war weniger schlimm, als in der Kommode erwischt zu werden.
»Du wirst nicht mehr größer werden. Die Familien, die hierherkommen und Kinder suchen, wollen, dass ihre Kleinen wachsen. Deshalb wirst du unser Kleiner sein und hier bei uns bleiben.«
Antônio bedankte sich, er war gerade von den Schwestern adoptiert worden.

17

NICO GAB DÁRIO, Marias Vater, die Hand. Das Haus war einfach und sauber, man spürte es an der Frische der Vorhänge und der Teppiche.

»Maria hat gesagt, du hast keine Familie.«

»Familie hab ich, sie ist nur gestorben«, antwortete Nico, den Blick auf Dários gefaltete raue Hände gerichtet. Es wurde still, dann stimmte es also, dass der Junge Waise war, die Traurigkeit, die den Körper des Jungen welken ließ, bestätigte es. Maria ging ins Schlafzimmer, zu den jüngeren Schwestern, die mucksmäuschenstill waren, um die Unterhaltung mitzubekommen.

»Júlia wurde von einer Familie in der Stadt adoptiert, und Antônio ist im Waisenhaus.«

»Willst du Maria zur Frau haben?« Dário wollte sie ihm auf der Stelle geben, in Nicos Augenhöhlen ein Fischschwarm, ihre Schuppen spiegelten Dário wieder.

Maria verbarg ihre Hände zwischen den Schenkeln, eine leuchtende lila Fackel schoss durch die Laken auf der Wäscheleine, umrundete die Fensterflügel, landete auf ihren Lidern, die Sonne hatte sie geschminkt.

»Ja, ich will sie zur Frau.«

»Maria ist mit wenig Komfort aufgewachsen, aber sie mag es, wenn die Dinge, die Küche ordentlich sind und die Holzvorräte auf dem Grundstück gestapelt.«

Nico war sich nicht sicher, ob er glücklich oder ob alles

nur eine Halluzination war. Ein ganz normaler Tag, und da bekommt man auf einmal die Nachricht, dass jemand von weit her kommen wird. Maria war auf dem Weg. Der Vater übergab die Tochter, ohne etwas dafür zu verlangen.

»Du kannst jeden Samstag kommen und mit Maria zusammen sein, alles Weitere regeln wir dann.«

Maria brachte Nico zum Tor. Eine Ehe war geschlossen worden, ohne vorherigen Kuss oder zumindest eine Berührung der Schulter. Er legte Maria den Arm um die Taille und spürte heißes Sperma in seine Hose spritzen. Sie stöhnte, als sei es ihr Strahl gewesen. Erschrocken löste Nico die Umarmung und verabschiedete sich.

Bald schon erfuhr Geraldo von der Ehe.

»Und wo werdet ihr wohnen?«

»In dem Haus, in dem ich geboren wurde.«

»Da hab ich ein Mädchen untergebracht. Du gehörst mir, genauso wie das Haus. Hast du überhaupt Geld für eine Familie? Wann habe ich dir jemals Geld gegeben?«

»Ich habe Geld von meinem Vater, es war in der Matratze, ich hab es gefunden, als ich Júlia geholt habe.«

»Ich werde das Mädchen nicht auf die Straße setzen, nur weil es dir einfällt zu heiraten.«

Tizica stellte den Salzstreuer auf den Mittagstisch, sie nahmen die Teller auf die Knie. Unter dem Stuhl bettelten die Hunde um die Hühnerknochen. Tizicas Hand zitterte, sie versteckte sie in der Schürzentasche, Alterszittern, stetig und unerbittlich schritt es voran, wie ein im Bau befindlicher Ameisenhaufen.

»Du hast nie was erzählt von diesem Geld«, warf Geraldo ein.

»Ich wollte es aufheben, zur Erinnerung, wollte es nicht ausgeben. Tizica hat meine Kleider gewaschen, Sie haben mir Unterkunft und Essen gegeben. Ich arbeite auch weiterhin für Sie, wenn Sie wollen.«
»Und dann muss ich dich bezahlen?«
Nico aß zu Ende, Tizica setzte Wasser auf.
»Und du, Tizica, sagst du gar nichts? Bist du nicht sauer auf ihn? Der Junge ist dir doch ans Herz gewachsen? Siehst du nicht, dass er weggeht?«
Tizica füllte Kaffee in die grünen Emaillebecher und verschüttete den Zucker, den sie sich auf ihr Löffelchen geladen hatte.
»Nico könnte mich ja mitnehmen«, sagte sie leise. Nico lächelte zustimmend.
»Das fehlte noch! Du arbeitest hier bis ans Ende deiner Tage.«
Nico schwieg, wartete Geraldos Überlegungen ab.
»Wir machen es so, du gibst mir das Geld, und ich seh zu, wo ich das Mädchen unterbringe.«
Der Handel wurde geschlossen, Nico gab das Geld des Vaters für das Haus des Vaters. Monatelang lebten Nico und Maria ihre Liebe am Tor zu Dários Grundstück. Tizica stickte die Aussteuer, Dário mästete das Spanferkel fürs Fest. Timóteo organisierte mit anderen Landarbeitern einen Hilfstrupp, und das Haus, aus dem Geraldos Mädchen ausgezogen war, wurde in einem Monat fertig. Eneido, der das Anwesen bewachte, ging als Letzter. Nicos und Marias Heim hatte einen Hühnerstall, einen gelben, zu den Fransen der Tischdecke passenden Zementfußboden und einen Obstgarten, der noch als Embryo unter der Erde schlummerte.

»Ich besuche dich jede Woche und bring dir Frischkäse und Okra-Schoten.«
Jemanden zu haben, den sie besuchen konnte, tröstete Tizica. Die Hochzeit war anberaumt, Samstag Vormittag, es würde ein reichliches Mahl im Garten des alten Hauses geben. Nico hatte zwei Wochen Zeit, um seine Geschwister zu holen, zur Feier wollte er sie wiedersehen, dort im Tal der Serra Morena.

18

LUDÉRIA RICHTETE ES aus, ein kurzer Anruf von Cecille.
»Dein Bruder heiratet in zehn Tagen, die Nonne hat angerufen.«
Júlia setzte sich.
»Er hat die Augen meiner Mutter.«
Nicht einmal Dolfinas Tod hatte sie so berührt. Es kam alles hoch: Antônio, der Schweiß der Mutter, der süßherbe Geruch des Vaters, das Haus, das Grundstück, der Donner. Sie rannte auf ihr Zimmer im Nebengelass, das Fieber galoppierte, ein zielloses Pferd. Die Erinnerung war ein Vorhang, die Agonie ein Sofa, ein ganzes Haus hätte sie mit ihrer Verstörtheit möblieren können.
»Lass sie auf dem Zimmer, Ludéria«, befahl Leila.
»Ich kann mich allein um alles kümmern, lassen Sie das Mädchen fahren.«
»Nein, dann kommt sie womöglich nicht wieder, ich werde dem Brautpaar ein Geschenk in ihrem Namen schicken.«
Júlia delirierte auf der karierten Matratze ohne Laken, die runden Formen ihres Körpers trafen auf die geraden Linien des Stoffs. Ludéria rüttelte an ihren Schultern.
»Leila will mit dir reden… du glühst ja, ich lass dir ein kaltes Bad ein.«
Umgekleidet und bereit für das, was sie schon wusste, nahm sie die Mitteilung entgegen.
»Mein Sohn Fuad heiratet in den nächsten Monaten. Wie

du siehst, sind Hochzeiten in Familien etwas Alltägliches. Ich kann dich zurzeit nicht entbehren, es gibt bestimmt noch Gelegenheiten für ein Hochzeitsfest, das kannst du hier auch haben. Meinen Befehlen nicht zu gehorchen ist Sünde, ich ziehe dich in diesem Haus mit Anstand auf.«
Still wusch Júlia das verspätete Mittagsgeschirr, gleich musste das Abendessen serviert werden.
»Am Sonntag sehen wir uns eine Hochzeit in der Kirche an, wir gehen zum Gottesdienst und beten einfach weiter, bis die Braut kommt, keiner wird uns vertreiben«, tröstete Ludéria sie. »Und danach essen wir ein Eis, es gibt hier in der Nähe einen kleinen Laden, der länger aufhat.«
Um sechs Uhr abends saßen die beiden auf der Kirchenbank, in der Nähe des Eingangs. Ihre Kleider verrieten die nicht erfolgte Einladung. Fernab des Altars und doch eingebunden in die Atmosphäre, würde kein Pfarrer sie von dort vertreiben. Sie knieten, Júlia hatte die Kommunion empfangen und bat Gott um eine Fahrkarte, um ein Loch im Weltall, durch das sie Nico, seine Auserwählte, Antônio und die Serra Morena erblicken könnte.
Lúderia betrachtete ihre zum oberflächlichen Gebet gefalteten Hände, die Hochzeitsgäste erhoben sich, die Orgel spielte klassische Musik, und dann erschien, am Arm des Vaters, die Braut. Sie zog einen Spitzenschleier hinter sich her, der Glanz der gewachsten Schuhe, der Haare der Trauzeuginnen, der Ringe des Pfarrers. Verheiratet traten Mann und Frau zum Klang derselben Orgel den Rückweg an. Der Pfarrer verlangte Beistand in Gesundheit und Krankheit. Júlia und Ludéria standen auf und verschwanden unbemerkt. Der Reisregen, die Kutsche voll bunter Bänder. Die beiden gingen zum Laden.

»Hallo, Messias«, sagte Ludéria lächelnd. Messias, der Ladenbesitzer, hatte Júlia noch nie mit Ludéria gesehen, hatte das Mädchen überhaupt erst einmal wahrgenommen, als sie mit kleinen, schnellen Schritten an seinem Geschäft vorbeigekommen war.
»Das ist Júlia, die Adoptivtochter von Dona Leila.«
»Um diese Uhrzeit noch auf der Straße?«
»Es ist noch nicht mal acht, mein Lieber.«
Júlia nahm ein Ananas-Eis, Ludéria wählte Kokos.
»Zahlt es mir morgen.«
Am nächsten Tag bat Ludéria Júlia, zum Laden zu gehen und die Schulden zu begleichen. Sie tat dies absichtlich, damit die Kleine ein wenig Ablenkung hatte. Schließlich verließ sie das Haus nur zum Gottesdienst. Ludéria hätte das Eis auch am Vorabend bezahlen können, aber sie wollte die Kräfte der Natur walten lassen. Júlia ging hinaus, ohne dass Leila es bemerkte.
»Willst du noch eins? Nimm dir eins, ich geb es dir umsonst, so wirst du meine Kundin.« Messias lächelte glücklich.
»Darf ich mir auch was anderes wünschen?«
»Das darfst du, wenn du mir von dir erzählst, es ist gerade günstig, weil nichts los ist im Laden.«

19

MIT SECHZEHN TAUCHTE Antônio nicht mehr in die Schubladen der Nonnen ein, sondern klaute Mädchensocken. Er war versessen auf Gerüche, und alle waren sie für ihn angenehm. Vom Fleisch bis zum dampfenden Kompott. Er liebte Löffel und Töpfe, aus denen er cremige Marmelade oder feine Zedernfruchtscheiben kratzen konnte. Antônio bekleckerte sich mit Eingemachtem und sogar mit dem Spülwasser, wenn er seine Hand in den Strahl hielt. Er war das Kind des Waisenhauses. Die ganze Schule gehörte ihm, die Zimmer, die Kommoden, die Waisen, die Nonnen.
Tizica bestand darauf, zusammen mit Nico Antônio abzuholen.
»Nico«, rief Marie aus, »lass dich umarmen, mein Kind! Wärst du zu uns gekommen, hätten wir dich mit Liebe großgezogen.«
»Liebe hat ihm nicht gefehlt«, berichtigte Tizica.
»So ist Marie, wenn sie gerührt ist«, erklärte Cecille.
»Wo ist Antônio?« Nico konnte es kaum erwarten.
»Ich habe ihn schon rufen lassen«, antwortete Marie.
Nico trat ans Fenster und blickte auf den Hof. Es war das erste Mal, dass er das Waisenhaus von innen sah. Es hatte die Sterilität einer Arztpraxis. Die Sauberkeit ließ selbst das Sonnenlicht in den Sälen blasser wirken. Im Hof erscholl kindliche Ausgelassenheit, nach den Pausen sprang

der Lärm noch eine Weile zwischen den Mauern hin und her. Geraldina sprang ebenfalls, auf Antônios Koffer; sie wusste, dass sie nicht mehr zu den Französinnen, dem Perlmutt und den Keksen auf den Tellerchen zurückkehren würde.
»Wann bringst du ihn wieder?«, fragte Marie.
»Er ist zwar noch nicht volljährig, aber er kann bei mir wohnen. Kann zurückkehren in die Familie, in das Haus, in dem wir geboren wurden.« Nico hatte Angst, die Nonne würde es nicht erlauben.
Cecille sah Marie an und wartete, dass sie sich dazu äußerte. Da nichts passierte, erklärte sie selbst.
»Antônio braucht eine besondere Behandlung, er hat ein Problem.«
Da trat Antônio ein, der Koffer schlug ihm gegen die Rippen, auf Höhe der Lungen. Dann fiel der Koffer zu Boden. Als er Nico erkannte, der wie angewurzelt in der Ecke stand, rannte er auf die Beine des Bruders zu.
»Er ist ein Zwerg«, sagte Cecille.
Nico bückte sich langsam und fuhr Antônio über die Haare, sie elektrisierten bei seiner Berührung.
»Ich werde Antônio keine Steine in den Weg legen, er ist genug gestraft, wie ihr seht. Wenn er möchte, lassen wir ihn gehen, aber wenn dem Jungen etwas passiert, bist allein du dafür verantwortlich, Nico.«
Tizica wurde ungeduldig.
»Lasst uns gehen! Es fängt gleich an zu regnen, und Staub ist immer noch besser als Schlamm.«
»Das Haus ist fertig, Antônio. Ich habe auch Júlia Bescheid gegeben, die Hochzeit findet in fünf Tagen statt. Solange bleiben wir auf der Fazenda.«

»Wird deine Frau zulassen, dass ich bei euch wohne? Ich versteh nichts von Landarbeit.«

»Maria kann es kaum erwarten, dich kennenzulernen.«

»Gehen wir!« Tizica hielt es nicht mehr aus, die Nonnen starrten sie mit unverhohlenem Ärger an.

Nico verabschiedete sich von den beiden, Tizica hob die Hand zum Gruß, und Antônio, der Marie und Cecille immer kleiner werden sah, lief hinterher.

20

NACH MEHRSTÜNDIGER, STAUBIGER Fahrt durchquerte die Kutsche das Tor zur Fazenda Rio Claro. Geraldina, die sich um Antônios Knöchel geschlungen hatte, ließ sich schwerfällig auf den Boden hinab, sie konnte nicht zurück in dieses Haus, zu ihrem Sohn, dem Blut der Vorfahren. Also wickelte sie sich um den Stamm eines Guavenbaums, der keine Früchte trug. Von dort würde sie fünf Tage später in derselben Kutsche, die Antônio zu Nicos Haus brächte, wieder verschwinden.

»Tizica, schlag das Klappbett in Nicos Zimmer auf oder hol die alte Wiege von draußen, da müsste der Junge auch reinpassen«, sagte Geraldo grinsend.

Antônio bemerkte die Provokation nicht, erkannte sie erst an Nicos Reaktion.

»Hol nur die Matratze, die Wiege braucht er nicht.«

Geraldo ging zurück auf die Veranda, er wollte nach dem Kognak eine Zigarette rauchen. Tizica kam mit einer Matratze mit Kindermuster wieder. Sie bereitete neben Nicos Bett ein Lager.

»Ich treffe mich mit den Gevatterinnen in der Kapelle, heute ist Andacht. In der Schublade ist eine Kerze, Antônio, du brauchst keine Angst zu haben. Ich komm bald wieder, Brot und Käse sind im Speisekammerschrank.«

Stumm blieben die beiden Brüder im Zimmer zurück, es

wurde Nacht. Nico brach das Schweigen, als schnitte er einen harten Käse auf.
»Spürst du was? Tut es weh?«
»Ich bin's gewohnt.«
Nico freute sich über den selbstverständlichen Umgang.
»Ich lass immer alles unten liegen, damit ich die anderen nicht belästige.«
»Ich bring dir bei, was ich von Timóteo gelernt habe.«
»Für Hausarbeiten bin ich gut, und da sieht mich auch keiner.«
Maria wusste, dass Antônio bei Nico war. Ein weiterer Mann machte ihr nichts aus, aber wie wäre es mit Júlia? Ihr würde sie sich keinesfalls unterordnen, sie würde mit ihrem Bruder Nico intim werden, und Nicos Zärtlichkeit, die nur Maria anzuheizen verstand, würde ihr Schutz bieten.
»Júlia ist bestimmt schon ein junges Mädchen«, überlegte Nico. »Wenn sie Mutter ähnlich sieht, findet sie hier schnell einen Mann und bleibt.«
»Sie hat eine andere Mutter.«
»Glaubst du, dass sie kommt?«
Geraldo klopfte an die Tür.
»Nico? Komm mal mit, ich muss mit dir reden.«
Nico stand auf, nahm die Kerze und ging ins Wohnzimmer.
»Eneido war gerade hier, ein Wolf ist in den Hühnerstall eingedrungen, nur die Ente ist übriggeblieben, weil sie geschlafen hat. Er wollte das Gewehr.«
»Ich geh.«
»Kommt nicht in Frage, du weißt nicht, wie man mit einer Waffe umgeht. Ich habe dich auch wegen was anderem gerufen, dein Bruder wird hier arbeiten und Tizica Gesell-

schaft leisten, wenn die Alte mal nicht mehr kann, läuft hier alles aus dem Ruder.«

Antônio hörte vom Flur aus zu, tastete sich im Dunkeln die Wände entlang, bis die Stimme des Bruders deutlicher wurde.

»Er ist zu nichts nütze, Geraldo. Wollen Sie den Jungen kochen lassen, während Tizica Tücher bestickt?«

Am Fuße des Obstbaums reagierte Geraldina über die Schwingungen ihres Wirts auf das Geschehen im Wohnzimmer. Bliebe Antônio auf diesen Ländereien, würde der Boden unfruchtbar und sie zu Staub werden, unter dem Haus, wo ihre Knochen begraben waren. Man bleibt nicht da, wo man seine Hülle lässt. Geraldo wäre ruiniert.

Als Nico ins Zimmer zurückkehrte, hatte Antônio sich das Betttuch übers Gesicht gezogen. Antônio glaubte, der Bruder habe mit Geraldo seinen dauerhaften Verbleib auf der Fazenda abgemacht, doch Nico wünschte Antônio eine gute Nacht und breitete eine warme Decke über ihm aus. Was immer Nico bestimmen würde, es wäre richtig, selbst wenn er ihn immer wieder in der Ferne ließe.

21

MESSIAS FALTETE ZWEI größere Geldscheine zusammen und steckte sie in eine Bonbontüte. Júlia packte die Tüte ein. Sie war noch vor Ludéria und allen anderen im Haus aufgestanden. Zwei Kleider, ein Halstuch, zwei Unterhosen, ein Lippenstift. Alles in einer großen Umhängetasche verstaut.
»Ich erzähl es Ludéria erst morgen, dann hast du genügend Zeit, um zu deinem Bruder zu kommen. Aber du musst wiederkommen, sonst ruf ich eigenhändig die Polizei.«
Messias hatte Júlia Unterstützung, Unterschlupf und Reiseproviant angeboten, damit sie ihre Familie wiedersehen konnte.
»Sehnsucht ist was Schlimmes, ich kenne das. Du bist jung, und wenn du wiederkommst, fände ich es schön, wenn du dich für mich begeistern könntest.«
Júlia errötete, Messias ging auf die vierzig zu, war geschieden, Vater zweier Kinder, die er seit fast fünfzehn Jahren nicht mehr gesehen hatte.
»Seu Messias, ich will keine Beziehung. Ich nehme Ihre Hilfe an, weil mein Bruder mich braucht, und Sie scheinen zu wissen, was Fernsein bedeutet.«
»Wir reden, wenn du wieder da bist.«
Júlia wandte sich um, trat aus dem Schatten des Ladens ins Licht der Straße, überquerte die Straße und verschwand. Das Geld reichte für eine Rückfahrkarte, zwei Taxifahrten

und ein Getränk zu dem Reiseproviant aus kaltem Braten, den Messias für sie zubereitet hatte.
»Wohin?«
»Zum Busbahnhof.«
Zum ersten Mal fuhr sie eine Rolltreppe hoch, sie klammerte sich ans Geländer und starrte gebannt auf die Stufen, aus Angst, verschluckt zu werden. Dann merkte sie, dass die herunterfahrenden Menschen sich völlig normal bewegten, alles ganz einfach. Die Stufe senkte sich auf die Höhe der Ankunftshalle. Júlia machte einen Satz und ließ die Technik hinter sich.
Vor ihren Augen erstreckte sich eine Reihe von Schaltern. Sie las die Bestimmungsorte. Süden, Norden, Osten Westen, Mitte. Es herrschte eine Atmosphäre des Kommens und Gehens, der Erleichterung, nicht mehr auf der Durchreise zu sein. Die Straße ist ein leerer Raum, nicht hier, nicht dort. Sie prüfte die Bestimmungsorte und wusste nicht, welcher der beste war, mit welchem sie der Serra Morena am nächsten käme. Süden war es auf jeden Fall, also musste sie nur die Leute von den Busunternehmen fragen.
»Wären Sie so nett, mein Kind kurz zu halten, damit ich auf die Toilette gehen kann? Ich bin gleich wieder da.«
Eine sympathisch wirkende Frau, gut gekleidet, Ledertasche. Das Baby war dick, Wollmützchen, Schuhe aus grobem Leinenstoff.
»Mach ich, aber beeilen Sie sich bitte, ich muss los.«
Die Frau bedankte sich und betrat die Toilette, Júlia blieb mit dem Kind auf dem Arm an der Tür stehen. Die Hände des Kleinen waren am Körper festgebunden, ließen keine Bewegung zu. Júlia fand es richtig, dass die Mutter sich um

die Sicherheit ihres Kindes sorgte. Wenn man den Kontakt mit der Welt dosierte, fände das Baby nach und nach ins Leben.

Das Baby kaute auf seiner Spucke herum, schob das Kinn vor und zurück, stammelte Vokale. Júlia nahm das Kind auf den anderen Arm und lockerte die Decke, der Kleine war unruhig. Dann wechselte sie die Stellung, lehnte sich mit der anderen Hüfte gegen die Wand. Es vergingen dreißig Minuten, vierzig, fünfzig, sechzig.

»Können Sie mir sagen, wie spät es ist?«

»Gleich zehn Uhr.«

Sie ging zu dem Drehkreuz vor dem Eingang zum WC, eine Frau in grüner Schürze saß häkelnd an einem Tisch, darauf eine Schachtel mit zusammengefalteten Klopapierstreifen. Die Toilettenbenutzung kostete so viel wie ein Kaffee, für einen Kaffee gab es einen Streifen Papier.

»Willst du rein oder nicht?«, fragte die Frau, ohne aufzuhören, den Faden mit der Häkelnadel durchzuziehen.

»Ich warte auf die Frau in Violett, die hier reingegangen ist.«

»Wenn sie reingegangen ist, dann kam sie nicht wieder raus, mein Kind.«

Júlia setzte sich auf einen der Wartesessel, ein paar Schritte vom WC-Eingang entfernt. Von dort aus sähe sie deutlich, wenn die Frau herauskäme, ihr Arm kribbelte bereits. Genau über ihr war eine Uhr, Viertel vor zwölf.

»Ist sie immer noch nicht rausgekommen? Ich seh mal nach, was da los ist.« Die Frau trat ein und ließ das Wollknäuel und ein Stück Stoff, an dem sie gerade nähte, zurück.

Alle Toiletten waren besetzt, die Schlange wurde länger. In

einer davon musste die Frau sein. Die Toilettenfrau nutzte die Gelegenheit, um sich die Hände zu waschen, vielleicht käme in der Zwischenzeit ja jemand in Violett heraus. Sie trocknete die Hände mit Papier und warf ein leeres Sirupglas, das sie in der Schürzentasche hatte, in den Müll. Da sie das Glas nicht im Eimer aufschlagen hörte, sah sie nach, ob sie richtig getroffen hatte. Unter dem leeren Glas lag ein violettes Knäuel aus Seide.

»War das das Kleid, das die Frau anhatte?«, fragte sie Júlia.

22

MARIA HÄNGTE IHRE Jacke ans Küchenfenster und küsste Tizica zur Begrüßung. Antônio und Nico waren im Schlafzimmer und packten kleine Werkzeuge in einen Lederbeutel. Antônio schlüpfte in ein Paar Badelatschen und ging in die Küche. Im Gegenlicht erblickte er die kurvige Silhouette von Maria, zog den Hut und trat näher.
»Bist du Maria? Ich bin Antônio.«
Maria reichte ihm nicht die Hand, erwiderte nicht seinen Gruß.
»Wie sechzehn sieht er nicht gerade aus«, sagte Tizica.
Nico kam hinzu, als Antônio gerade Maria ins Gesicht starrte und dann den Blick langsam zu ihren Füßen hinabgleiten ließ.
»Hier, Antônio.« Tizica drückte dem Zwerg einen Becher Kaffee in die Hand.
»Maria, das ist Antônio«, sagte Nico, verletzt über ihr Schweigen.
»Wenn er seinen Kaffee ausgetrunken hat, gehen wir«, antwortete Maria.
Tizica bediente das Paar, die drei tranken wortlos. Antônio gab den Becher zurück und ging als erster hinaus. Als der Kleine das Tor öffnete, löste sich Geraldina von ihrem Guavenbaum und huschte in Richtung Antônio.
Sie gingen zu Fuß. Geraldo hatte Nico nicht früher gehen lassen, sie brachen bei bereits violettem Himmel auf. Eine

Stunde lang liefen sie im milden Sonnenlicht. Marias Badelatschen waren schwer vom Schlamm, mit jedem Schritt wurde er mehr. Dicke braune Tropfen spritzten auf den Saum ihres Kleides. Sie gingen weiter, und die Dreckpünktchen reichten ihr fast bis zur Taille, mit symmetrisch vergrößertem Abstand zwischen den einzelnen Tropfen. Mit einer Terracottastickerei auf dem hellen Kleid gelangte sie am Hauseingang an.
Nico trat als erster ein, gefolgt von Maria, Antônio kam, nachdem er das Gartentor geschlossen hatte. Geraldina saß auf der Schulter des Zwergs, beunruhigt wegen Antônios Bangigkeit. Die Tür quietschte, Licht durchflutete den Raum, den sie nicht ausfüllten. In der Küche ein Herd ohne Asche und der von Adolfo Malaquias gezimmerte Tisch. Antônio lief ins Elternschlafzimmer, kletterte aufs Bett, auf die Matratze mit dem zerschlissenen Laken, hielt den Hut an die Brust und stammelte ein Gebet.
Maria öffnete die Küchenschränke und zählte Gläser, Teller, Platten. Es reichte für die drei und einen Besucher am Wochenende. Nico sah draußen nach den Hühnern. Die Fenster standen offen, der Wind lupfte den Saum der Tischdecke, erfrischte Antônios Nacken.
»Ich hol die große Laterne«, sagte Antônio und ging in die Kammer.
Nico kam wieder, ein kräftiges Hühnchen an den Füßen festhaltend.
»Tizica freut sich bestimmt über ein Hühnchen von hier.«
»Es wird Nacht, lasst uns gehen«, sagte Maria.
Das Küchenfenster klapperte im Wind, durch das andere sah man Regen aus einer Wolke auf den Boden prasseln, eine graue Wand, die näher kam.

»Gehen wir! Zwei Männer mit Angst vor Regen?«
Nico überredete Maria zu warten, bis der Regen aufgehört hätte, sie zündete die Laterne an. Antônio setzte sich auf den Hocker neben dem Waschbecken, seine Beine baumelten, die Füße reichten nicht auf den Boden.
»Fände Geraldo es schlimm, wenn wir hier übernachten würden?«, fragte Antônio.
»Ja, er würde vielleicht sogar Timóteo hinter uns herschicken.«
Geraldina untersuchte das neue Haus, die Türschwellen wären ein guter Ort zum Ausruhen.
»Ich richte die Betten her, wir schlafen hier.«
Maria ging in eines der drei Zimmer. Sie und Nico würden in Donana und Adolfos ehemaligem Schlafzimmer nächtigen. Die beiden anderen Räume waren so geschnitten, dass man den ersten durchqueren musste, um in den zweiten zu gelangen.
Antônio hörte die Pferde. Vor der Tür stand Timóteo im Regenumhang, auf einem Pferd sitzend und das andere an der Leine führend. Wortlos verließen die drei das Haus. Nico hob Maria auf das Pferd, das er reiten würde. Antônio setzte er hinter Timóteo, und so kehrten die drei auf die Fazenda Rio Claro zurück. Maria schlief bei Tizica, Geraldina am Guavenbaum, die beiden Brüder in dem Schlafzimmer voller Zecken.

23

UM ZWÖLF UHR mittags bemerkte Leila, dass Júlia fehlte.
»Sie ist nur zum Laden gegangen, sie kommt bestimmt gleich wieder.«
»Du hättest mich fragen müssen, Ludéria, in diesem Haus bestimme ich.« Leila aß mit Fuad, dem Sohn, zu Mittag. Er wollte ebenfalls wissen, wo Júlia blieb.
Ludéria stellte Messias zur Rede.
»Ohne mich wäre das Mädchen vor Kummer umgekommen. Falls deine Chefin Júlia nicht mehr haben will, nehm ich sie.«
»Leila wird mich rausschmeißen und die Polizei rufen.« Messias reichte Ludéria ein Glas Zuckerwasser. »Komm mit und erklär Fuad und Leila alles«, sagte sie.
»Sonst noch was! Wenn sie mich fragen, sage ich, dass ich der Armen geholfen habe, ihre Familie zu besuchen.«
Ludéria kehrte wütend und mit einem Hass auf Júlia zurück. Leila erwartete sie Tee trinkend in der Küche, die Haare rot glänzend, mit Turmalinsteinen geschmückt.
»Kann ich etwas für Sie tun?«
»Du kannst mir helfen, Júlia zu verstehen. Ich habe sie in Wohlstand und Gesundheit großgezogen, ohne mich wäre sie zeitlebens im Waisenhaus geblieben.«
Unter der Untertasse ein zusammengefalteter Zettel. Eine Nachricht von Júlia, nervös hingekritzelt, das Elektrokardiogramm einer Katze während des Sprungs.

»Dona Leila und Ludéria,
Ich bleibe nicht lange weg, machen Sie sich keine Sorgen. Ich bitte um Verzeihung, nach Nicos Hochzeit komme ich wieder. In Dankbarkeit, Júlia.«

Wäre Júlia durch die Tür gekommen, hätte Ludéria ihr den Hintern versohlt.
»Ich werde den französischen Nonnen einen Brief schreiben. Dafür habe ich mir das Mädchen nicht geholt«, sagte Leila.
Messias, der sich erneut mit Ludéria konfrontiert sah, versuchte die junge Frau zu beruhigen.
»Du bist schuld.«
»Júlia kennt die Welt nicht, wann hätte sie sie denn kennenlernen sollen? Als alte Frau?« Messias merkte, dass er Ludéria verärgert hatte, und lenkte ein.
»Wer weggeht, kommt auch wieder. Ich vertraue ihr, ich weiß gar nicht weshalb.«
Leila sprach mit Fuad, und sie beschlossen, Júlia zurückzuschicken, wenn sie binnen dreier Tage nicht wieder da wäre. Den Schwestern wollten sie dies brieflich mitteilen.

24

TIZICA BEKRÄNZTE MARIA mit frischen Blumen. Das Kleid war ohne Stickerei, Leinen von zartem Glanz, ein schwaches Glitzern, nicht wie heller Glimmer, auch nicht wie ein gescheuerter Topf, eher wie schneeweiße Haut, die winzige Tropfen ausschwitzt.

Nico trug einen hellen Paletot, ein weißes Hemd. Lederschuhe, das Geschenk von Geraldo. Für Antônio hatte Tizica ein Hemd und eine Hose genäht, passend zu seiner Größe. Die Hemdschöße in der Hose, ein enger Gürtel um die kindliche Taille.

Die Kapelle war voll, Nico stand vor dem Altar. Ebenso die Trauzeugen, auf der einen Seite Antônio und Gonçalina, Marias Schwester, auf der anderen Timóteo und Schwester Cecille. Anstelle der Eltern des Bräutigams Geraldo und Tizica. Schwester Marie wischte sich in der ersten Reihe den Schweiß von der Stirn.

Das ganze Dorf war eingeladen.

Tizica beendete ihr Werk an Maria, nun fehlte nur noch einer von Geraldos Männern, der den Ochsenkarren anspannte. Das war keineswegs üblich, doch Marias Vater wünschte es so, die Tochter von Ochsen gezogen, die tierische Kraft, die die Braut zur Kapelle bringt. Die Ochsen schritten, den Blick auf den Horizont gerichtet, erhaben einher, sie wussten, war die Last leicht, hatte sie eine andere Bedeutung.

Begleitet von weiteren berittenen Männern, traf die Braut ein. Mit Hilfe des Vaters, der sie am Eingang zu der kleinen Kirche erwartete, stieg sie aus. Auf der Musikertribüne spielten Kinder Verstecken, ihr herzhaftes Lachen sprenkelte den Rasen. Der Vater nahm die Tochter am Arm, die Gäste erhoben sich, ein Chor von vier Frauen pries die Jungfrau Maria.

Nico waren die vielen Leute zu seinen Ehren peinlich. Es war beklemmend, allen in der Öffentlichkeit die Größe ihrer Liebe zu zeigen. Die Zeremonie war kurz, der Hunger drückte.

Geraldina kam nicht über die dritte Bank hinaus, der Altar roch ranzig, sie konnte nicht weiter nach vorn, sonst hätte sie ihre Haltung verloren. Also ließ sie sich in der Nähe der früheren Gevatterinnen nieder, alle alt, taub und fast schon in ihrem Zustand. Geraldos Anwesenheit irritierte Geraldina zudem, die Vertrautheit war fast schon widerlich, Nachkommen bereiteten Unbehagen.

Antônio öffnete das Tor, Tizica war bereits in der Küche und entfernte die Tücher von den Schüsseln mit gebratenem Fleisch. Die Nachbarn und Geraldos Männer setzten sich im Garten auf Baumstämme und Hocker.

Maria ging ins Schlafzimmer, sie wollte ein anderes Kleid anziehen. Nico wartete im Wohnzimmer, Freunde von der Fazenda Rio Claro ließen sich in seiner Nähe nieder. Kinder rannten um den Avocadobaum. Im abgeschlossenen Schlafzimmer knöpfte Maria ihr Kleid auf. Sie hatte einen Krug, eine Binsenmatte, einen Topf, eine Stoffpuppe, eine bestickte Tagesdecke, eine Glasplatte, eine Schöpfkelle, eine Schere und ein Moskitonetz geschenkt bekommen. Alles auf dem Ehebett ausgebreitet, das Aluminium des Topfes blitzte im Spiegel des Kleiderschranks auf.

»Komm, Maria, die Heiligen Drei Könige sind da«, sagte Nico leise hinter der Tür.

Ein quirliger maskierter Mann in einem bunten Kattunumhang machte Faxen. Dahinter die Musiker, mit Leierkasten, Gitarre, Trommel. Zuletzt ein Mann in Satinhose und einer Fahne in der Hand, darauf drei Sterne und ein Kind. Mit entrollter Fahne kamen die Heiligen Drei Könige zum Segnen, sie traten ein. Ende Dezember, die Geburt von etwas Neuem, das Ende von etwas Altem. Sie reihten sich in der Küche auf, ein alter Schwarzer stimmte eine Litanei an. Die Drehorgel linderte die Schwere der Trommel, die Stimme legte sich wie eine sanfte Schwingung über das Haus. Der Maskierte ließ zwei Augen des Sturms aufblitzen, warf den Kopf hin und her, sprang auf und ab. Am Ende der Litanei ließ er sich zu Füßen des Leierkastenmanns nieder. Nico küsste die Fahne und trug sie durch sämtliche Räume, das Haus wurde getauft.

25

IM BUSBAHNHOF WURDE es Nacht.
»Komm mit zu mir, wir geben das Kind bei der Polizei ab. Ich heiße Dinorá. Wie viel Geld hast du?«
»Es reicht, um in die Serra Morena zu kommen und wieder zurück.«
»Wo ist das?«
»Mein Bruder hat heute geheiratet, ich muss dorthin.«
»Zuerst musst du das mit dem Kind regeln. Wenn sie dich nach seinen Papieren fragen, was sagst du dann? Sie werden glauben, dass du es gestohlen hast. Bei mir in der Nähe gibt es eine Polizeiwache. Sieh nur, es muss gebadet werden, puh, wie es riecht. Komm mit zu mir, dann badest du den Kleinen, gibst ihm Milch, und danach bringen wir ihn zur Polizei. Und dann kannst du deinen Bruder besuchen.«
»Morgen komme ich mit Ihnen wieder hierher und kaufe meine Fahrkarte.«
»So machen wir's, ich fange um sechs auf der Toilette an. Zuerst das Baby, dann du.«
Sie fuhren mit dem Zug in die Vorstadt. Dinorá öffnete die Haustür, und in der Küche saßen zwei Nudeln essende Kinder.
»Das ist Júlia, und das Baby hier nenn ich mal Jorge, ich habe die beiden im Busbahnhof aufgelesen. Ihr schlaft heute im Wohnzimmer.«

26

MARIE HATTE KOPFSCHMERZEN infolge einer hartnäckigen Erkältung. Cecille trat ohne anzuklopfen ins Zimmer, setzte sich auf die Bettkante und öffnete den Brief.
»Darf ich ihn aufmachen?«
Widerwillig machte Marie auf dem Bett Platz.

»Schwestern,
ich glaube, ich war im Irrtum bezüglich der Erziehung, die den Kindern in Ihrer Klosterschule und Ihrem Waisenhaus zuteilwird. Erziehung erkennt man an der Zurückhaltung und am Anstand. Doch Júlias Flucht, vermutlich in die Serra Morena, veranlasst mich, sie Ihnen zurückzugeben. Ich betrachte sie wegen dieses Ungehorsams nicht mehr als die meine – welche Ironie, wo sie doch unter Ihrer Obhut aufgewachsen ist. Lassen Sie uns in gegenseitigem Frieden auseinandergehen, es gibt keine Opfer und keine Täter. Amen.«

»Diese Frau ist noch unvernünftiger als Júlia«, sagte Marie. »Leila dachte wohl, wir würden sie ihr vollständig erzogen übergeben, aber eine Frau wird erst später reif.«
»Was machen wir?«
»Ich fahre morgen in die Serra Morena und gebe Nico Bescheid. Er hat kein Wort darüber verloren, dass seine

Schwester nicht da war, wahrscheinlich aus Angst, in Tränen auszubrechen.«

»Aber wo ist Júlia, Cecille?«

»Auf dem Weg natürlich, aus irgendeinem Grund hat sie sich verspätet.«

»Und wenn Maria sie nicht aufnimmt?«

»Das wird sie tun, sie ist eine vorbildliche Christin, das habe ich gesehen. Mit zwei Männern schafft sie den Haushalt sowieso nicht allein. Ich wette, in einem Jahr ist das erste Kind da.«

»Richtig, sie ist ja mit zwei Männern allein«, sagte Marie.

»Na ja, Antônio ist eher Nicos Sohn, er wird wohl nie erwachsen werden.«

»Die Natur ist grausam, hier im Hof wäre er unter unserer Obhut verblieben.«

»Júlia muss ankommen.«

27

TIMÓTEO KAM MIT einem Umschlag an. Geraldo machte ihn auf.

»Hier steht, dass heute Nachmittag alle in die Kapelle kommen sollen. Eine allgemeine Bekanntmachung, sie kommt aus der Stadt. Du gehst für mich hin, Timóteo. Es ist bestimmt nichts Ernstes, wahrscheinlich wollen sie den Leuten nur einen neuen Arzt vorstellen.«

Nico arbeitete noch immer auf der Fazenda Rio Claro. Maria erhielt die Nachricht zu Hause, aber sie konnte nicht lesen. Antônio las langsam, Silbe für Silbe.

»Wir schließen hier ab und gehen los. Nico kommt bestimmt mit Timóteo und Tizica von der Fazenda aus. Inzwischen haben sie die Nachricht bestimmt auch erhalten.«

Häuser wurden verschlossen, und nach und nach trudelten Kinder, Frauen und Männer ein, danach die Hunde. Sie trafen sich auf dem Weg und rätselten. Nie hatte es einen solchen allgemeinen Aufruf gegeben, und zudem mit Dringlichkeit.

Die Kapelle war voll, ein Mann mit klarer Stimme überbrachte die Nachricht. Für die Entwicklung der Region würde ein Wasserkraftwerk gebaut werden. Dafür musste Wasser gestaut werden. Der geeignetste Standort umfasste einen Großteil der Fazendas einschließlich des Tals der Serra Morena. Das Unternehmen würde ihnen die Lände-

reien abkaufen und den Bau neuer Häuser in der Stadt ermöglichen. Die Zukunft war gekommen.
»Wo kommt das Wasser her?«
»Wie viel Wasser hat in dem Tal Platz?«
»Wird es unsere Häuser überfluten?«
»Mein Haus verlass ich nicht mal als Toter.«
Der Mann hinterließ die Adresse, unter der sie den Preis für ihre Häuser aushandeln konnten, und verabschiedete sich.
»Ich ertrinke zuerst, weil ich kleiner bin«, sagte Antônio.
»Werden sie uns ertränken?«, fragte Tizica.
»Ich glaube, das Wasser kommt alles auf einmal«, sagte Timóteo.
Die Kapelle leerte sich, nur Eneido, der ehemalige Nachbar von Donana und nun von Nico, blieb zurück. Das Haus, in dem er geboren und aufgewachsen war, würde niemand einreißen, mit dem Hammer bearbeiten oder zu Staub machen. Stiege das Wasser tatsächlich, dann sollte es sein Haus komplett überfluten, und zwar mit ihm drin. Mit sämtlichen Möbeln, den Kindern und der Frau, der Wäsche auf der Leine.
Geraldo sprang von seinem Stuhl auf.
»Aber das Wasser wird das Gutshaus überschwemmen! Gleich morgen fahr ich in die Stadt und rede mit dem jungen Mann. Ich hätte selber hingehen sollen, du bist ja nicht mal in der Lage, eine Nachricht vernünftig zu überbringen, Timóteo. Du hast wirklich nichts kapiert. Hast du dem Mann gesagt, dass du für mich arbeitest?«
»Dafür war keine Zeit.«
»Dann gehst du morgen mit, hörst gut zu und gibst es dann an dieses dumme Volk weiter.«

Am nächsten Tag kehrte Geraldo zurück und rief die Gemeinde in der Kapelle zusammen. Er bestätigte alles, das Tal würde sich in einen tiefen Stausee für die Wasserkraft verwandeln, die Stadt würde bis ins Gebirge hinauf beleuchtet werden. Wer nach oben zöge, hätte kein Problem mit dem Wasser und in der Freizeit zudem eine schöne Aussicht. Niemand würde von dem Mann übers Ohr gehauen werden. Er selbst, Geraldo, würde verkaufen und das Geld für seine Häuser kassieren. Er habe sich bereits mit dem jungen Mann geeinigt, der Fortschritt komme nun mal nicht ohne Opfer, wie der Mann meinte.

Geraldina rollte sich ein, aus Angst vor dem Ertrinken, weniger ihrer eigenen, nicht vorhandenen Lungen wegen, sondern der ihres Wirts Antônio.

28

EINIGE BEWOHNER WICKELTEN bereits das Besteck für den Umzug ein. Geraldo erhielt eine Provision für jede Familie, die er überzeugte. Er beabsichtigte, ein Geschäft in der Stadt zu eröffnen und von dem neuen Wohlstand, der sich abzeichnete, zu profitieren. Da er noch andere Ländereien besaß, wollte er die Landwirtschaft weiterbetreiben, und das mit dem Verkauf des Gutshauses erzielte Geld wäre die Entschädigung für die Unbilden des Umzugs.

Tizica besuchte Andacht um Andacht, in dreißig Tagen, um sechs Uhr morgens, würde das Wasser ihnen die Entwicklung bringen. Maria war schwanger, im vierten Monat, die Nachricht spornte Nico an. Der Vertrag über den Bau des neuen Hauses sollte sofort geschlossen werden. Geraldo zahlte für das alte die Hälfte des Werts. Nico schloss sich eilends dem Freiwilligentrupp an, der immer größer wurde. Einer baute das Haus des anderen, Timóteo kümmerte sich voll Hingabe um die Schweineställe.

Maria hatte erschreckende Übelkeitsanfälle. Bei starker Sonne fiel sie in Ohnmacht, bei Wind erzitterte sie. Antônio half beim Bauen, die von ihm fertiggestellten Holzöfen wiesen die Sorgfalt von Handwerkerhänden auf, klein und geschickt. Er bastelte aus Stroh einen kleinen Besen, zum Saubermachen um das Feuer herum.

Geraldo zahlte Nico aus und bot ihm Steine von der Fazenda an. Zum Kauf. Nico lehnte ab, das Geld reichte nicht.

»Zahl es später mit Arbeit ab.«
»Ich hab schon Material beisammen, Seu Geraldo.«
Und das hatte er. Marias Vater, der fernab dieses Fortschritts wohnte, hatte von allem ein wenig besorgt. Mit Hilfe der anderen und mit wiederverwertbaren Bauteilen aus dem alten Haus würde das neue entstehen. Ein wenig kleiner zwar, doch mit Platz für weitere Zimmer in der Zukunft.
Die Wände wuchsen, der Boden wurde rot und glatt, dem hohlen Fenster fehlte noch die Holzverkleidung, sie sollte in letzter Minute aus dem alten Haus kommen. Antônio strich den Herd rot wie den Boden, zwei Rubine.
Tizica beteiligte sich nicht an den Hilfstrupps, sie musste Wäsche falten und entfalten, das Geschirr der Fazenda in Kisten packen. Sie würden in die Stadt ziehen, solange das neue Gutshaus noch nicht fertig war. Dieses Haus, das ohne Freiwilligentrupps, ohne Druck, fertig zu werden, entstand, sollte noch größer werden, mit einer Veranda rundum. Als sie die Schränke leerte, kamen Kleider, Seidenstrümpfe, Hornkämme, eine Edelsteinbrosche und ein Spiegel zum Vorschein, der aus einem Tuch fiel. Er zersplitterte am Boden, Tizica trat barfuß in die Scherben, das Tuch färbte sich dunkelrot von ihrem Blut.
Maria verspürte Schmerzen unterhalb des Bauchnabels, ihre Hände waren geschwollen, sie lagerte Flüssigkeit jedweder Art ein. Sie trank Kaffee, als wäre er ein Erfrischungsgetränk, aß Schweinefleisch, als wäre es Obst. Ihre Haut war fettig, die Übelkeit ein aus dem Ruder gelaufenes Boot. Nico stand seiner Frau kaum zur Seite, beruhigte sie lediglich nachts, nach der doppelten Arbeit.
Geraldo gab seinen Arbeitern keinen einzigen Tag frei, die

Fazenda Rio Claro sollte bis zum allerletzten Tag in Betrieb bleiben.
Maria hackte Holz, wusch Wäsche, fegte das Grundstück, nähte das Laken für die Wiege. Am Abend fuhr sie mit dem Ochsenkarren hoch zum neuen Haus, noch ohne Dach, und brachte dem Helfertrupp Kuchen. Antônio sah sie kommen und hielt in seiner Tätigkeit inne, er fand es schön, Maria kommen zu sehen.

29

DINORÁ VERABSCHIEDETE SICH von Júlia.
»Und mach dich ordentlich zurecht in deiner Uniform. Es ist zwar nur ein Klo, aber die Leute reisen luxuriös.«
Júlia hatte das Baby auf der Polizeiwache abgegeben, einen Brief an Leila geschrieben und ihr mitgeteilt, dass sie bei ihrem Bruder sei und dort bleiben werde. Dinorás Söhne suchten eine Pension für sie. Dinorá hatte Júlia Malaquias eine Arbeit besorgt, die gleiche wie ihre. Also saß Júlia nun am Drehkreuz der Toilette, die den Abfahrtsplattformen am nächsten gelegen war. Sie riss Klopapier ab, einen halben Meter pro Streifen, leerte den Müll, wischte fünfmal täglich den Boden mit Ammoniak. Die Arbeit war leichter als bei Leila, aber sie vermisste das Geschirr, die Stille der Schränke.
Sie roch nach Kiefer oder Lavendel, je nach dem verwendeten Desinfektionsmittel. Dinorás Söhne fanden nichts Attraktives an ihr. Eine Frau mit befremdlicher Zurückhaltung, mit etwas Nonnenhaftem. Durch das Drehkreuz kamen täglich über tausend Frauen. Júlia achtete auf ihre Schuhe, ihre Röcke, die Unterhaltungen. Die jungen waren nervöser, die älteren trauriger.
Ludéria las Júlias Brief zuerst.
»Sie kommt nicht, ist dort geblieben.«
»Die Schwestern haben ihr bestimmt mitgeteilt, dass ich sie nicht wieder aufnehme.«

»Ich vermisse sie, und Messias erst… der Mann hat sich verliebt, hat gefragt, ob ich ihm ein Bild von ihr geben kann, haben Sie eines?«

»Selbst wenn ich eins hätte, würde ich es dir nicht geben, zieh einen Schlussstrich unter die Sache, Ludéria.«

Die französischen Nonnen gingen davon aus, dass Júlia wieder zur Vernunft gekommen war.

»Ich glaube, sie ist bei Leila, sie muss nach Hause zurückgekehrt sein, denn wenn sie immer noch vermisst wäre, hätten wir es erfahren«, sagte Marie zu Nico, der es nicht mehr ausgehalten hatte und in die Klosterschule gekommen war, um von den Nonnen etwas über seine Schwester zu erfahren.

Júlia dachte an ihre Geschwister wie an Kinder, konnte keine Männer in ihnen sehen. Sie sah das Kommen und Gehen der Menschen, Ankunft und Abfahrt, Abschied und Begrüßung, eingemummelte Kinder, Alte mit Kopfkissen. Im Zug, auf der Rückfahrt mit Dinorá, fühlte sie sich selbst als Reisende, tagtäglich dieselbe Strecke.

»Wartet dein Bruder immer noch auf dich?«

»Ach was. Und die Nonnen denken bestimmt, dass ich bei Leila bin. Nico und Antônio nehmen sicher an, ich hätte nicht den Mut gehabt, zurückzukommen.«

»Und den hattest du nicht?«

»Nein.«

»Eine Sünde, das Geld hätte gereicht, um hinzufahren und wiederzukommen. Warum bist du aus dem Bus ausgestiegen, als der Motor angelassen wurde? Dir hat es bei mir gefallen, stimmt's?«

»Ich seh gern andere gehen, immer wieder, frage mich, was sie in ihren Koffern haben, was zu Hause geblieben ist, die

Familie, die wartet. Die Jungs wussten nicht mal, ob ich kommen würde oder nicht.«
»Also, für deine Miete wird das Klo allein nicht reichen, du wirst dir noch eine zweite Arbeit besorgen müssen.«

30

ZWEI TAGE ZUM Weggehen, am dritten hatte das Wasser aus dem Tal einen See gemacht, die Reserve für den elektrischen Strom. Mehr als das halbe Tal war umgezogen.
»Ich möchte mal wissen, wie vom Wasser das Licht angehen soll«, sinnierte Timóteo.
»Jetzt wird erst mal geschlafen, und morgen bringen wir die restlichen Sachen in die Stadt«, bestimmte Tizica.
Marias Übelkeitsanfälle waren durch den Melissentee gelindert worden. Nico drehte sich die letzte Zigarette des Tages, danach wollte er ins Bett fallen. Antônio wusch sich in der Abstellkammer die Füße. Das Fenster offen, damit der Wind das Schlafzimmer kühlte, ein heißer Tag, das Haus ein Backofen.
Eneido, noch immer Nicos Nachbar, hatte nichts unternommen, würde nichts unternehmen. Die Frau war bereits in der Stadt, mit den Töchtern, der Mutter und der Schwiegermutter. Eneido zweifelte an dem Staudamm, nichts würde auf einmal sein, was nicht früher gewesen war. Den Staudamm würde es nicht geben, weil er nie existiert hatte. Er legte sich hin, den eingerollten Rosenkranz am Kopfende des Bettes.
Antônio schob die Hände unter seinen Körper, Geraldina war unterm Schrank, das Tal schlief. Das Wasser kam reißend, mit der Kraft eines Motors fegte es über den Boden, die Termitenhaufen, die trockenen Büsche, Pferde flohen.

Nico wachte auf, weil der Hahn außer der Zeit krähte. Er trat hinaus, die Nacht mit einer Kerze erhellend, und sah einen Glanz, fließend, gläsern, der Mond war verdeckt. Wie ein Weichtier, ein Tintenfisch, alle Tentakeln auf die Häuser gerichtet, kam der Staudamm ins Tal.
Nico weckte Maria und Antônio, und mit nichts als dem, was sie auf dem Leib trugen, verließen sie das Haus, auf der Lehmpiste nur sie drei.
»Wir müssen nur hoch, nicht mal bis ganz nach oben. Ich geh noch bei Tizica vorbei und warne Timóteo«, sagte Nico.
»Nein, wir steigen hoch und du kommst mit«, antwortete Maria.
Antônio schämte sich, dass er weinen musste, weinte aber trotzdem, leise, still.
»Kommt das Wasser auch bis zu Júlia?«, fragte Antônio.
»Júlia ist weit weg, in einem sicheren Haus«, antwortete Nico.
Maria war ruhig, ein hormonelles Wunder. Antônio war der Letzte in der Dreierschlange auf dem Bergrücken der Serra Morena. Außer Eneido leisteten ein paar weitere Bewohner Widerstand. Sie schliefen den Schlaf des Meeres, obwohl Federvieh, Schweine und Hunde in Aufruhr waren, nichts riss sie aus ihrer Ruhe. Als hätte eine vorherige Entscheidung sie eingeschläfert.
Eneido wachte auf und riss die Augen auf. Er trat ans Fenster und sah, wie das Tal zur Wasserschüssel wurde. Es war eine eisige Strömung, er spürte sie an den Waden.
Geraldina blieb im Haus, Antônio merkte nicht einmal, dass er dadurch noch leichter war, als die Situation ihn ohnehin gemacht hatte, die drängende Flucht, die Angst vor

der Katastrophe. Geraldina blieb, weil ihr die hohe Luftfeuchtigkeit unerwartet gut tat, sie verharren ließ wie lösliches Pulver in Erwartung der Flüssigkeit, die es in einen anderen Zustand versetzt.

Familien begannen aufzuwachen, Wasser bis an den Rand des Waschbeckens, es nässte die Arme der im Bett Liegenden. Dunkel. Streichhölzer und Kerzen wurden nass, Petroleum verschüttet. Eneido setzte sich auf die Veranda, Wasser bis zu den Knien. Schwimmen konnte nur Geraldo, und der stieg in seinem Schlafzimmer gerade eilig in seine Stiefel, das Gutshaus lag etwas höher.

Das Wasser sprengte sämtliche Hindernisse, ein hysterischer Sturzbach. Die Wasserwand riss Zäune ein, die rostigen und die wurmstichigen. Menschen rannten auf die Straße, als sie sahen, wie ihr Haus überflutet wurde, wie das Wasser die Zimmer füllte, als wären es Gläser unter dem Wasserhahn. Eneido stieg aufs Dach, setzte sich und beobachtete, wie ein grüner Teller sich mit schwarzem Honig füllte, der zähe Glanz des sich bildenden Stausees in der Nacht.

Eine Familie war wie gelähmt angesichts der Überschwemmung, verließ ihr Haus nicht, ertrank still. In Ehrfurcht vor der Natur nahmen sie den Lauf des Fortschritts an, der sie zum Opferlamm machte. Eine triumphale Lähmung, einer Morphiumspritze gleich, ohne Schmerzen, still.

Auf der Höhe der Serra Morena Nico, Maria und Antônio. Auf dem Dach seines Hauses Eneido. Sonst niemand.

31

EHE ES HELL wurde, veränderte das Wasser die Berührung mit den Dingen. Unter dem Staudamm ein Wind, von der Oberfläche verdeckt, die Luft kam aus dem Boden, Pflanzen wurden verdrängt, Fische traten zutage.
Geraldina verformte sich unter Wasser wie eine auf dem Meeresgrund ruhende Perlenkette, ihre klare Struktur löste sich auf, sie verströmte Sauerstoff, während sie sich ausbreitete. Einzelne Teilchen lösten sich, bedingt durch den Auftrieb, andere strömten aus dem Haus, stiegen an die Wasseroberfläche. Ein Teilchen landete unter dem Stuhl, jedes eine Tentakel ohne Körper, ein Kopf, eine Rinde. Geraldina wurde zum Ameisenhaufen ohne Königin, dessen Arbeiterinnen einem Naturgesetz folgten. Die Summe aller Perlen bildete die Kette, ganz gleich, wo die einzelnen Perlen landeten. Die Auflösung fand kein Ende, und je weiter die einzelnen Teile voneinander entfernt waren, umso ferner wurde das Denken. Eine Formel, deren aktives Prinzip geschwächt war.
Schnell bildete sich Schlamm im Haus. Das Wasser im Filter vermischte sich mit den übrigen Flüssigkeiten, dem Abwasser, den Pfützen, der Milch in den Krügen.
Geraldo schaffte es, Tizica aus ihrem Schlafzimmer zu zerren und mit ihr in die Stadt zu reiten, Timóteo schloss sich an. Tizica und Timóteo schliefen im neu erstandenen Haus, Geraldo kehrte in die Serra Morena zurück, um im

Hellen zu sehen, was aus dem Tal geworden war. Als er von der Straße abwich und in einen schmalen Feldweg einbog, kam er an Zäunen vorbei, die nun diesen flüssigen Spiegel schützten. Die Grundstücksgrenzen waren verschwunden, ein Obelisk erhob sich aus dem Spiegel, das begierige Kirchendach wies nach Norden, ein Kompasspfeil. Alles hatte das Wasser verschlungen, und wenn es in seinem Bett verbliebe, würde die Erde eine Sache nach der anderen zermalmen. Auf seinem Weg begegnete er Nico, der den Kompasspfeil betrachtete.
»Wo ist der Rest?«
»Im Haus, wir hatten genügend Zeit.«
Die beiden standen sich gegenüber, Geraldo stieg vom Pferd und führte zum Schutz des Körpers den Hut zur Brust, es waren die Erinnerungen, seine Mutter, die ihr Grab verloren hatte. Die Trauer brachte die Fruchtblase eines anderen Entstehungsprozesses zum Platzen, die Zellwand einer Perle barst, wodurch die übrigen ebenfalls platzten, ganz gleich, wo sie waren, Geraldina verlor ihre Form. Geraldo sah sich als Kind in den Wald rennen und Vogelnester suchen, mit der Hand hineinfahren und die weiche Öffnung zerstören.
Die Partikel seiner Mutter verbanden sich mit der Formel des Wassers. Geraldina war ein Element des Staudamms, hatte jedoch, wie alle Substanzen, ihre besonderen Eigenschaften. Stiege das Wasser über den Rand der Serra Morena, wäre es lediglich das Wasser der Welt, und sie könnte sich wieder zusammenfügen. Im Staudamm war Geraldina ein Gift, das wegen seiner starken Verdünnung jedoch kaum Wirkung zeigen würde.

32

AUF DINORÁS RAT hin besorgte sich Júlia eine zweite Arbeit. Schmuckverkauf über Katalog, das Heftchen ließ sie in der Toilette, in der sie arbeitete, neben dem Klopapier liegen. Manche baten, es mit reinnehmen, es durchblättern zu dürfen, während sie sich in der Kabine aufhielten. Sie gaben es zurück, ohne etwas zu bestellen.

»Wie sollen die Leute was bestellen, wenn sie auf Reisen sind? Du musst es Menschen anbieten, die im Busbahnhof arbeiten, Júlia«, empfahl Dinorá.

Júlia befolgte ihren Rat und verkaufte fortan Deodorants an den Schaltern der Busgesellschaften. Über dreißig pro Monat. Dinorás Jungs fanden ein Zimmer für sie in einer Familienpension, Júlia zog mit einem Sack voll Kleider um. In der Pension gab es ein Bett, einen Schrank, einen Nachttisch und eine Kommode. Badezimmer im Flur und eine Gemeinschaftsküche, wo sie Anisbrot buk. Es parfümierte die Pension und besänftigte die Junggesellen aus gutem Hause, ihre Zimmernachbarn.

Júlia kam gerade vom Mittagessen, als die Frau in Violett die Toilette betrat, diesmal in Weiß. Mit einem anderen Kind auf dem Arm. Sie erkannte Júlia nicht, die außer der Schürzenuniform auch noch eine Schildmütze trug, die ihre Haare bedeckte. Sie blieb gut vierzig Minuten drin, kam ohne Baby wieder heraus. Vor dem Drehkreuz hatte sich eine Schlange gebildet, Júlia konnte nicht aufstehen und nachsehen. Als die Menge sich aufgelöst hatte, sah sie eine andere Frau mit dem Baby auf dem Arm herauskommen, es schrie wie ein Neugeborenes. Sie erzählte es Dinorá.

»Halt dich da raus, und falls sie noch mal auftaucht, versteck dein Gesicht in deiner Hand. Pass auf, dass sie dich nicht erkennt.«

Die Frau kam wieder, und diesmal ging sie nicht mal durchs Drehkreuz, sondern wandte sich direkt an Júlia.

»Wo ist das Baby, das ich dir überlassen habe?«

»Hier ist das Toilettenpapier.«

»Ich gebe dir einen Tag, um den Jungen zurückzubringen, auf Kindesraub steht Gefängnis.«

Es war keine Angst, sondern ein kalter Klotz, der Júlia traf. Eine Mutter wartet doch niemals so lange, bis sie ihr Kind sucht. Und wenn sie die Person wiederfindet, der sie ihr Kind überlassen hat, dann wartet sie auch nicht noch einen Tag ab. Das waren Dinorás Überlegungen im Zug.

»Wir steigen aus und gehen bei der Polizeiwache vorbei, sprich mit Seu Amadeu, beschreib ihm die Frau, und die Sache ist erledigt.«

Amadeu saß in der Polizeiwache, das Hemd offen, außer direkt über dem dicken Bauch, graue Brusthaare lugten hervor.

»Siehst du den jungen Mann dort im Flur? Das ist Tadeu, der wird der Sache nachgehen, er hat das Baby, das ihr gebracht habt, dem Jugendamt übergeben.«

»Haben Sie seine Mutter gefunden?«

»Ich weiß nicht mal, wo meine steckt, meine Dame.«

33

MARIAS BAUCH GLÄNZTE, so stark spannte er. Tizica kam nicht mehr in die Serra Morena, seit sie in die Stadt gezogen war. Das Alter ließ keine größeren Ortsveränderungen mehr zu, ihr Radius umfasste das Zentrum mit den Geschäften und die Klosterschule. Begeistert war sie über die Kurzwarenläden in unmittelbarer Nachbarschaft. Geraldo setzte sie im neuen Haus nur noch für leichte Tätigkeiten ein, sie kontrollierte die Arbeiten, führte sie nicht mehr aus. Ein großes Haus mit Blick auf den Marktplatz, die Veranda ausgerichtet auf die Kirche mit hohem Turm, massiven Glocken. Tizica wich den französischen Nonnen nicht vom Rockzipfel, sie waren ebenfalls in fortgeschrittenem Alter, Mitte siebzig, hinter sich ein reißender Fluss, vor sich ein schwaches Rinnsal.

In der Serra Morena blieben nur Nico, seine Familie und Eneido zurück, der sein Haus langsam hatte untergehen sehen und fast darin umgekommen wäre. Als das Wasser alles in Besitz genommen hatte, versteckte er sich in der Nähe des Wasserfalls der Serra Morena. Seine Familie, die sich wie Tizica und die ehemaligen Dorfbewohner in der Stadt niedergelassen hatte, hielt ihn für tot.

Nico hatte es ziemlich weit bis zu Geraldos neuen Ländereien, sie lagen weit hinter dem Gebirge. Er kaufte Schweine und Hühner von seinem Patron. Antônio kümmerte sich um den Gemüsegarten, den Obsthain und das Korianderbeet. Maria bat Antônio, Raute anzupflanzen, er tat es, ohne zu wissen wofür, fragte nicht nach. Die beiden bewegten sich in völligem Einklang auf dem Anwesen, abgestimmt auf die Erfordernisse des Hofs. Während die eine Eischnee schlug, fegte der andere den Hof. Während die eine Mais in den Schweinestall warf, hackte der andere Holz.

Eine Wehe erfasste Marias Unterleib, die Blase, den ganzen Körper. Ihre Eltern, inzwischen weit weg wohnend, besuchten die verheirateten Töchter nur selten. Die Mutter sollte bei der Geburt helfen, doch das Kind kam zu früh, sie wäre erst in acht Tagen da.

Als Nico von der Fazenda kam, hörte er Maria im Schlafzimmer, er ahnte, was los war, und scheute sich einzutreten. Er suchte Antônio, und der kam keuchend aus dem Schlafzimmer, eine Schüssel mit rosafarbenem Wasser und roten Tüchern in der Hand, gefärbt vom unverdünnten Hämoglobin, vom reinen Blut. Er lief an Nico vorbei, füllte frisches Wasser aus dem Teekessel ein und nahm sich frische Geschirrtücher.

»Einer ist schon da, es sind zwei«, teilte Antônio mit.

Nico nahm den Hut ab und trat aufs Gelände, exakter Vollmond, Sommer, aufplatzende Früchte. Er riss sich das Hemd vom Leib wie zu Zeiten des fiebernden Kindes, legte sich mit dem Gesicht auf den Hut, den Rücken himmelwärts, und atmete in den Strohzylinder. Er erinnerte sich daran, wie seine Mutter Júlia zur Welt gebracht hatte, eine Geburt, die er mitgehört hatte, die Geräusche, als sie herauskam, ihre Ankunft in der Welt. Alles um ihn herum roch beißend, er hatte nicht gehört, wie das erste Kind zur Welt kam. Wenn es tot wäre, hätte Antônio es ihm gesagt. Er öffnete das Gartentor, als die Kerzenflamme gerade flackerte vom Schrei des Kindes. Von seinem Standort aus sah er das rötliche Licht im Schlafzimmer, das geöffnete Fenster, Antônios Schatten an der Wand, groß und erhaben. Er glaubte, einen Schatten unter dem Fenster erspäht zu haben, aber im selben Augenblick glaubte er es schon nicht mehr.

Maria hatte sich auf Kissen gebettet, die Beine geöffnet und das Kleid bis zur Taille hochgeschoben. Antônio reichte ihr die Hand, damit sie sie drücken konnte. Das erste Kind, das zur Welt kam, war ein Mädchen, und es lag bereits eingewickelt neben ihr. Es hatte noch Reste von menschlicher Käseschmiere an sich, das Gleitmittel für den Durchbruch.

Nico hörte das zweite weinen, wie ein Schwert, das durchs Fenster schoss und in ihm seine Scheide fand. Er stand auf und trat ein, im Haus ein warmer Hauch, ein Gefühl von Stillstand. Antônio kam mit einem Kind im Arm auf ihn zu.

»Der hier ist ein Junge, Maria hat ein Pärchen zur Welt gebracht.«

Die zwei gingen ins Schafzimmer, die drei waren still. Maria war erschrocken über die Heftigkeit und betäubt von der Aussicht, keine Wehen und Risse mehr zu erleiden. Sie ließ Antônio eine Schüssel mit warmem Wasser bringen und Rautenblätter aufkochen. Als der Junge zur Welt gekommen war, hatte das Mädchen wieder geweint, als der Junge aufhörte, hörte es ebenfalls auf, zeitgleich. Das Mädchen schmiegte sich an den Busen, der Junge leistete Widerstand, doch dann ließ der Geruch der Milch ihn schnurren, bald tranken beide an der Brust der Mutter.

Maria legte die Kinder in die Wiege neben dem Ehebett

und bat die beiden Männer hinauszugehen. Sie wechselte die Laken, hob ihr Kleid hoch und setzte sich in die große Schüssel mit den Rautenblättern, deren Duft bis zum Dach hochstieg. Das Sitzbad zog die geweiteten Zellen wieder zusammen. Sie stöhnte und wartete, dass das gerissene Gewebe wieder heil wurde.

34

NICO GING DIE Arbeit leicht von der Hand, er lebte in beständigem Frohsinn. Sie tauften die Kinder in der Stadt, den Jungen auf den Namen Onofre, das Mädchen auf Anésia. Beide in Gelb auf Marias Armen. Bei der Gelegenheit lernte auch Tizica sie kennen. Cecille und Marie kamen ebenfalls.

Timóteo war Taufpate. Gonçalina, Marias Schwester, Taufpatin.

Antônio schleppte die Zwillinge überallhin mit, legte sie in einen Handwagen und zog sie mitten hinein ins Maisfeld. Die Schatten der Kolben fleckten ihre Strampelanzüge. Maria ließ ihn gewähren, das Zwillingspärchen kam weinend und hungrig wieder. Antônio zog sich zurück, wenn Maria zum Stillen die Brust entblößte, und wusste, dass die Mahlzeit beendet war, sobald er den Seufzer der Mutter vernahm.

Nico kam mit einem Blecheimer voll fetter Milch nach Hause, gelb vom Rahm, Maria trank die Sahne pur. Gelegentlich brachte er auch ein auf der Fazenda geschlachtetes Schwein mit, zerkleinerte es und würzte das Fleisch mit Knoblauch, Salz, Koriander, Schnittlauch und Pfeffer. Er ließ es einen Tag ziehen und briet es dann in Schweineschmalz. Die Stückchen füllte er in Zehnliterbüchsen und übergoss sie mit dem Fett. Jeden Tag fischte Maria mit der Schöpfkelle ein paar Fleischstückchen aus dem hart ge-

wordenen Schweineschmalz. Das vergoldete den Reis, machte ihn locker und glänzend. Dazu Tomaten in Scheiben, Zwiebeln und Gurke. Eine Soße aus Schweinefett, Limette, Chili und Salz. Am Nachmittag Avocado und Papaya mit gemahlenem Rohrohrzucker, direkt auf die weiche Fruchthälfte gestreut.
Kaffee den ganzen Tag über, kaum war er in der Kanne kalt geworden, wurde neuer aufgebrüht. Alle kochten Kaffee, Maria, Antônio und Nico. Wer ihn gemacht hatte, erkannte man am Zucker, jeder hatte sein eigenes Maß.
Eines Sonntags, Onofre und Anésia schliefen, wetzte Antônio im Wohnzimmer sein Taschenmesser an der Schuhsohle und Maria bestäubte im Schlafzimmer die Kleider in der Kommode und anschließend ihren Hals mit Talg. Nico brühte Kaffee auf, Antônio verspürte den Duft und schlug vor, Maniokkekse zu machen, er selbst würde sie backen, wenn Maria einverstanden wäre.
»Nur zu, aber räum die Küche hinterher auf und nimm nicht das ganze Fett, weil ich morgen Seife mache.«
Antônio holte Eier, Milch und ungesüßtes Maniokmehl aus der Kammer. Auf dem Holzofen kochte das Wasser, Nico tat Zucker hinein, und es wurde trüb, er fügte den am Morgen gerösteten Kaffee hinzu und brachte das Gebräu zum Spülbecken, um es in die Kaffeekanne zu sieben. Antônio arbeitete an der Ablage neben der Spüle, er stand auf einem Hocker, um ranzukommen, und vermengte gerade die Zutaten in einer Schüssel. Vor ihnen ein Fenster mit Blick auf den Stausee, in der Ferne das Geräusch eines Wasserfalls, beständig, feucht.
Nico goss das kochende Wasser in die Kanne, Kaffeeduft breitete sich aus. Antônio unterbrach seine Arbeit am Ku-

chen, um den Dampf aufsteigen zu sehen. Nico stellte den Wasserkessel auf die Spüle, Antônio schloss die Augen, wollte das Aroma stärker wahrnehmen. Er öffnete sie wieder, und der Bruder war verschwunden, war nicht mehr in der Küche. Antônio beugte sich vor und betrachtete das Wasser in dem Stofffilter, es sickerte gerade ein und hinterließ braune Ränder. Der Wasserkessel stand noch immer auf der Spüle, Maria schloss im Schlafzimmer den Schrank.
»Maria? Komm mal, Nico ist in die Kaffeekanne gefallen.«
Maria ließ sich Zeit, schließlich war das unmöglich, und für einen solchen Blödsinn war keine Eile geboten. Als sie Antônio aus dem Fenster blicken sah, suchte sie Nico, in der Speisekammer, auf dem Hof, im Schweinestall, im Schuppen, auf dem Maisfeld.
»Wieso geht Nico einfach weg? Ohne was zu sagen?«
»Er ist nicht weggegangen. Er ist in dem Sieb verschwunden.«
»Red keinen Unsinn, Antônio.«
»Er hat hier Kaffee aufgebrüht, und als er das Wasser reingeschüttet hat, ist er verschwunden.«
»Er kommt bestimmt gleich wieder.«
»Rühr die Kanne nicht an, lass sie so, wie sie ist, damit er wieder rausfindet.«
Zwei Tage später kam Timóteo und wollte wissen, warum Nico nicht auf der Fazenda Rio Claro aufgetaucht sei. Antônio sagte, er sei in der Kaffeekanne verschwunden, Maria unterbrach ihn.
»Er ist in keiner Kaffeekanne verschwunden, weggegangen ist er, und wir wissen nicht, wohin.«
»Wo ist die Kaffeekanne? Ist es die auf der Spüle?«
»Ja, sie steht da seit vorgestern.«

Timóteo untersuchte den Filter, das Kaffeepulver war vertrocknet, der Stoff bräunlich verfärbt. Antônio holte einen Löffel aus der Kammer und reichte ihn Timóteo.
»Rühr um, vielleicht…«
Timóteo ging verwirrt nach Hause, Nicos Verschwinden, Antônios Hirngespinste.
»Dass Nico verschwindet, ist merkwürdig. Bestimmt hat er im Wald ein Tier gejagt und ist verletzt, geh ihn im Wald suchen, Timóteo!«, befahl Geraldo.
»Und die Kaffeekanne?«
»Das ist doch nur eine Geschichte von diesem Idioten, Antônio ist einfach ein verweichlichter Städter, er wurde von den Madames aus der Klosterschule großgezogen. Nico ist ja nicht so zurückgeblieben wie sein Bruder.«
Timóteo machte sich auf die Suche nach Nico.

35

JÚLIA HIELT DAS Problem mit dem Baby für erledigt. Tadeu von der Polizeiwache war am nächsten Tag in den Busbahnhof gekommen, von der Frau keine Spur, auch später nicht. Als die Sache vergessen war, verspürte sie auf einmal Sehnsucht nach Leila, nach der distanzierten Fürsorge, dem edlen Geschirr, nach Fuads Sittichen, dem unterwürfigen Beschütztsein.

Sie wollte einen Brief schreiben, die Adresse wusste sie auswendig. Ein paar Zeilen, in denen sie von ihrer Stelle erzählen würde, von dem angemieteten Zimmer, von den neuen Kleidern, die sie im Stadtzentrum gekauft hatte, vom Gottesdienst, den sie in der Kathedrale beeindruckender fand. Sie schickte den Brief nicht ab.

Dinorá sorgte sich um ihre Kinder, Júlia hörte der Mutter auf den Zugfahrten zu. Sie wusste alles, von den Namen der Freundinnen bis zu den Kinderkrankheiten.

Sie war beglückt, als der Chef des Reinigungspersonals ihr eine Schachtel Pralinen schenkte. Ein ernster Mann, mit dem sie nur am Tag des Vertragsabschlusses zu tun gehabt hatte, er wollte Júlia jemand anderem unterstellen. In der Arbeit keine Veränderung: Klopapier abrupfen, das Geld für die Toilettenbenutzung entgegennehmen, Wechselgeld herausgeben. Nach der Sache mit den Pralinen kam er auf sie zu.

»Und das Baby?«

»Wie bitte?«
»Das Baby, das du mitgenommen hast.«
»Sie wissen davon? Ich hab es zur Polizei gebracht.«
»Dann sieh zu, dass du den Kleinen wieder zurückbringst.«
Im Zug ging Dinorá nicht auf die Sache ein, sie wickelte ein Pfefferminzbonbon aus. Mit frischem Atem hauchte sie gegen die Scheibe und wischte das beschlagene Glas mit dem Handrücken trocken.
»In einer Woche ändert sich meine Schicht, dann sehen wir uns auf dem Weg nicht mehr.«
Ein paar Tage würden sie noch zusammen fahren.
»Meinst du nicht, wir sollten mit Tadeu reden? Dieser Afonso vom Putztrupp weiß bestimmt was.«
»Ich kann mich nicht ein Leben lang um dich kümmern, sieh zu, dass du alleine klarkommst.«
Am nächsten Tag kam ihnen auf dem Flur Afonso entgegen, Reisenden, Koffern und gebündelten Decken ausweichend. Dinorá ließ Júlia stehen und ging zu ihrer Toilette am anderen Ende des Busbahnhofs. Júlia begegnete Afonso allein.
»Júlia, komm mit.«
Sie gingen zu einem kleinen Raum.
»Wir müssen Leute einsparen, du bist entlassen.«
»Wie bitte?«
»Entlassen, arbeitslos, warum gehst du nicht in deine Heimat zurück? Man sieht dir an, dass du in diesem Busbahnhof verloren bist, und das schon seit Monaten.«
Júlia zog nicht einmal die grüne Schürzenuniform aus, sondern ging direkt zu Dinorás Arbeitsplatz an der Nordseite des Bahnhofs.
»Du hattest es zu einfach im Leben, was für Schwierigkei-

ten hast du schon gehabt? Keine. Weißt nicht mal, was Probleme sind. Kamst hier wohlgenährt an, großgeworden in einem reichen Haus, in der Klosterschule. Es wird Zeit, dass du abhaust, Júlia. Geh, du blockierst das Drehkreuz.«
Júlia kam in die Pension und packte ihre Sachen in eine Tüte. Sie ging zurück zum Busbahnhof und erkundigte sich, es gab noch immer keinen direkten Bus in die Serra Morena, sie würde unterwegs aussteigen müssen, an einem Wirtshaus an der Straße.

Sie klemmte sich ihre Tüte zwischen die Füße und betrachtete die Landschaft aus der umgekehrten Perspektive wie bei der Ankunft, die großen Ausfallstraßen, und dann die fortlaufende Linie der Landstraße.

36

TIMÓTEO SUCHTE NICO seit Tagen, vergebens. Geraldo ließ in der Stadt nach ihm forschen und informierte persönlich die französischen Nonnen über Nicos Verschwinden, die sofort eine Abendandacht einläuteten. In der Stadt sprachen die Leute aus der Serra Morena auf dem Marktplatz darüber.
»Und wenn er auf die andere Seite des Tals gegangen ist?«
»Das würde Nico niemals wagen, jetzt, wo Maria ein Baby gekriegt hat.«
»Genau dann hauen die Männer ab, wisst ihr noch, damals der Otacílio? Der ist während der Geburt abgehauen, kam nie wieder.«
»Oder Antônio ist gewachsen und zum Mann geworden und hat sich Maria geschnappt.«
»Zwerge wachsen doch nicht.«
»Irgendwann wächst er sicher noch, ganz plötzlich.«
»Bestimmt ist Antônio gewachsen, hat Nico umgebracht und die Kinder für sich behalten, die Kinder sind bestimmt beide von ihm.«
»Gut möglich.«
Maria sorgte sanft für Anésia und Onofre. Mit ruhiger Hand wechselte sie ihnen die Kleider und die gelblichen warmen Windeln. Geduldig wusch sie die Windeln aus und hängte sie über die Leine in die desinfizierende Sonne. Jeder bekam das Seine, Anésia die rechte, Onofre die linke

Brust. Milch wurde eingesaugt wie mit Saugnäpfen, kräftig die kleinen Münder.
Antônio kümmerte sich um den Abwasch, ohne an der Kaffeekanne zu rühren, in die Nico den Kaffee gefiltert hatte. Onofre schlief, Anésia machte Bäuerchen. Auf der Anhöhe zeichnete der gelbliche Flaum über dem Maisfeld Kreise, die sich von innen nach außen ausbreiteten, eine flauschige Spirale. Hennen flatterten mit den Flügeln, um dem Hund zu entkommen, die Küken rundlich, faul. Das Schwein lag kurzatmig im Schweinestall, die Hitze, der Luftdruck, Regen stand bevor.
Marias Mutter brachte Vorräte, Timóteo Medizin von Tizica, Arzneien für Frauen während der Niederkunft und danach.
»Sprich mit ihm, Maria.«
»Wie denn?«
»Schau in die Kanne und frag, wann er wiederkommt.«
»Antônio!«
»Lass gut sein, ich frag ihn später.«
Als Antônio das Geschirr gewaschen und auf einem Hocker stehend abgetrocknet hatte, verließ er die Küche und ging zum Gatter, von wo aus das Wasser des Staudamms, ohne den Rahmen des Fensters, größer wirkte. Maria trat an den Rand des Spülbeckens, der Stofffilter war bräunlich verfärbt vom Koffein, das trockene Pulver krümelig. Sie füllte Wasser in den Kessel, ließ es aufkochen. Dann nahm sie die siedende Flüssigkeit und goss den heißen Strahl ein. Mit dem Dampf stieg wie an einem Faden, der eine Marionette zusammenhält, ein Ton auf. Duft breitete sich nicht aus, nur ein Laut. Sie goss Wasser nach und glaubte, unter dem Filter Nicos Stimme zu hören, verzerrt und schwach.

Daraufhin legte sie, um besser hören zu können, ihr Ohr an den Rand der Kaffeekanne, wie an eine Muschel aus dem Meer.

Der Regen kam, kühlte den Boden, den Kaffee, Marias Füße. Antônio kehrte mit tropfendem Hut vom Gatter zurück, sie saß mit gesenkten Lidern da, der Rock zerknittert, die Hände unter den Schenkeln.

»Was ist los, Maria?«

»Ich bin schwanger, mir ist gerade schwindlig geworden wie bei den Zwillingen.«

37

DER MORGEN WAR kühl wegen des nächtlichen Regens, Antônio wunderte sich, dass Maria nicht aus dem Schlafzimmer kam. Er schob den Vorhang an der Tür zur Seite und sah sie reglos daliegen, die Decke bis zu den Knien, die Kinder auf dem Rücken, wild strampelnd.
»Maria?«
Sie antwortete nicht, und er ging im Garten Gemüse ernten, bald würde Marias Mutter zu ihrem allmonatlichen Besuch kommen. Er selbst würde den Reis zubereiten, die Bohnen, die gebratenen Koteletts und den grünen Salat mit Tomaten.
Maria hatte sich auch früher schon so verhalten, sich ganz zurückgezogen. Ohne sich zu rühren, ohne zu antworten, wenn man sie rief. Diesmal gab es einen Grund: Nico. Wo steckte er?
Antônio ging in die Scheune, um Maiskolben für den Herd zu holen. Er stieg die Leiter hoch, schob den Riegel zurück, öffnete die große Holztür. Und da lag Nico auf dem Stroh, schlummernd, die Beine von sich gestreckt, den Hut über dem Gesicht.
»Maria? Nico ist wieder da, er liegt in der Scheune.«
Sie ließ die Kleinen zwischen den Kissen liegen und lief voraus, schnell, keuchend.
»Wo warst du?«
»Ich habe geschlafen«, antwortete Nico, setzte sich auf

und trat langsam aus dem Schuppen, den Kopf musste er senken wegen des Lichts.
»Was ist mit deinen Augen passiert?«
»Was soll damit sein?«
»Sie sind dunkel geworden.«
Maria ging zurück ins Haus, wandte sich aber noch einmal um.
»Warst du auf der anderen Seite des Tals?«
»Bist du verrückt geworden?«
Antônio stützte sich auf den Spaten, sein Ellbogen lag auf dem Stiel.
»Deine Augen, Nico, deine Augen sind schwarz, beide.«
Nicos Augen, vormals blau wie die der Mutter, waren schwarz wie Ebenholz, so dunkel, dass der Umriss der Pupille, die Grenze zur Iris, nicht mehr zu erkennen war. Antônio stellte sich auf Zehenspitzen, den Blick auf Nicos Gesicht gerichtet, und schulterte dann den Spaten.
»Der Kaffee hat seine Augen verfärbt.«
Die drei in der Küche, Antônio nahm den Filter, wollte ihn spülen.
»Geh duschen, Nico, wasch das Pulver ab.«
Maria verspürte einen stechenden Schmerz im Unterleib, er stieg über den Magen höher. Sie krümmte sich wie ein Wurm auf dem Boden. Nico nahm sie auf den Arm und legte sie ins Bett, neben ihr schliefen die Kinder.
»Geh raus«, bat sie.
Er gehorchte. Maria erlitt einen Abort, irgendetwas zwischen Geburt und Menstruation, weder das eine noch das andere, beides. Es war klein, ein Gecko. Sie kauerte in der Ecke und wickelte den geronnenen dicken Blutklumpen in eine weiße, sonnengebleichte Windel. Kalter Schweiß

stand auf ihrer Stirn, Antônio brachte ihr eine Tasse Boldo-Tee, er hielt es für eine Magenverstimmung.

»Mir ging es nicht gut, Antônio, es ist abgegangen, ich hab das Kind verloren.«

»Ich bete ein Vaterunser.«

Nico kam zurück ins Schlafzimmer, er war schläfrig und setzte sich auf die Bettkante. Antônio ging zum Gatter und erklomm es, er wollte die weite Landschaft sehen. Er betete.

Maria nahm das Bündel, ging an Antônio vorbei und weiter den Berg hinab, auf schwachen Beinen, die Windel in einem Stoffbeutel, auf dem sich die Blutflecke immer mehr ausbreiteten. Sie gelangte an die ehemalige Schotterpiste, nur wenige Meter vom Staudamm entfernt. Sie trat ans Ufer, bückte sich vornüber, bis das Bündel das Wasser berührte, und ließ los. Der Beutel löste sich und trieb umher, bis er zu schwer wurde. Ein Ziehen aus dem Wasser beschleunigte seinen Untergang.

38

DER OMNIBUS NÄHERTE sich dem Wirtshaus, an dem Júlia aussteigen sollte. Der Fahrer fuhr langsamer, wartete auf den sich abzeichnenden Schatten, die zum Aussteigen bereite Passagierin. Da er niemanden sah, nahm er an, sie sei eingeschlafen oder habe vergessen auszusteigen, aber er würde nicht extra anhalten, zu den Passagieren hingehen und sie wecken, also fuhr er weiter. Júlia wachte in der Stadt am Ende der Strecke auf und fand heraus aus ihrer zähen Schläfrigkeit, sie befand sich auf einem kleinen Busbahnhof.
»Du hast deine Haltestelle verpasst, Mädchen, jetzt musst du dir wohl eine Rückfahrkarte kaufen.«
Sie aß einen Kuchen, setzte sich auf ihren Beutel und wartete. Das Geld reichte nur für eine halbe Fahrkarte.
»Lassen Sie mich an dem Wirtshaus auf halber Strecke raus, ich zahle die Hälfte.«
Sie setzte sich erneut auf ihren noch lauwarmen Platz und versuchte einzuschlummern, um die Haltestelle erneut zu verschlafen. So brauchte sie ihm wenigstens nichts vorzumachen, denn inzwischen war sie fest entschlossen zurückzukehren. Die Serra Morena war eine verschlossene Kurve, ein Ellenbogen, ein Abzweig, der nicht mehr gangbar war. Nico und Antônio, inzwischen erwachsen, würden sie nicht mehr wiedererkennen wie in Kinderzeiten.
Diesmal hielt der Busfahrer an und wartete darauf, dass Jú-

lia mit ihrem Beutel an ihm vorbeiginge, aber nichts. Er machte die Tür wieder zu und gelobte sich Strenge bei der Ankunft, sie würde ihm die restliche Strecke bezahlen müssen. Doch an der Ankunftsplattform stieg sie so verschüchtert aus, dass der Busfahrer doch nichts verlangte.
Júlia ging zu Dinorás Toilette, sie saß da wie beim ersten Mal, häkelnd, die Maschen betrachtend, die sie mit feinem Garn füllte.
»Hallo.«
»Bist du nicht in deine Stadt gefahren?«
»Es hat nicht geklappt.«
Dinorá wandte sich wieder ihrer Häkelei zu, beobachtete die Münzen, die in die Pappschachtel fielen, der Eintritt für die Toilette. Das Drehkreuz quietschte bei jedem Rein- und Rauskommen. Júlia setzte sich auf einen Wartesessel, unter die große Uhr, ohne auf die Stundenzeiger zu achten, die von links nach rechts ihre Kreise zogen.
Sie verharrte still, als sie unter den vielen Menschen die Frau in Violett entdeckte, diesmal in Grün. Sie ging auf eine kniende junge Frau zu, die gerade einem Jungen die Hose wechselte, während ihr Baby im Kinderwagen schlief. Die Frau begann eine freundliche Unterhaltung, die beiden lachten. Sie sagte etwas, das die Mutter veranlasste, mit dem großen Jungen auf dem Arm aufzustehen und schnell zu der Rolltreppe zu laufen, die zu den Plattformen führte. Die Frau in Grün nahm den Kinderwagen mit dem jüngeren Kind und half der ungeschickten Mutter. Die beiden rannten und verlangsamten im selben Rhythmus, Júlia sah genau hin, von ihrem Platz aus konnte sie alles sehen, ohne den Kopf wenden zu müssen.
Die gutgekleidete, höflich lächelnde Frau zog den Kinder-

wagen blitzschnell zurück, als die Mutter bereits auf der Rolltreppe war und nicht mehr zurückkonnte, da andere Leute mit Koffern in der Hand hinterherkamen. Sie rollte den Kinderwagen zur Toilette, aus der sie weiß gekleidet und mit einem Päckchen im Arm wieder herauskam und verschwand. Dinorá unternahm nichts. Júlia verspürte Hunger und veränderte ihre Sitzposition.

39

MARIAS FÖTUS SANK auf den Grund des Staudamms, der Stoff, in den er eingewickelt war, blähte sich auf und schwebte davon. Fische schwammen zu dem Fötus, doch er machte ihnen keinen Appetit, sie bildeten einen Kreis um ihn und beobachteten das menschliche Gebilde. Das Blut aus dem Stoff verband sich mit Geraldina. Da sie schon so stark aufgelöst war, vereinte sich der kleinste Teil von ihr mit dem kleinsten Teil des Blutes.

In der neuen Stadt warteten die Drähte zwischen den Masten auf das Licht, das aus der Zivilisation, dem gestauten Wasser, der Wut des eingesperrten Wassers kommen sollte. In der Serra Morena stellte Maria eine Lampe im Wohnzimmer auf. Nico öffnete das Fenster, wollte erleben, wie die neue Stadt sich in der Ferne erhellte. Die Gesichter der drei waren heiter.

Geraldina nahm nach und nach eine Leuchtkraft an. Sie strahlte derart, dass sie von dort oben wie ein Glitzerfaden wirkte, der eine unberechenbare, nicht zu begrenzende Route auf dem Wasser eingeschlagen hatte. Geraldina wurde von den Kraftwerksrohren geschluckt, von der Fortschrittsmaschine.

»Drück hier, Nico, die Stadt ist aufgeflammt.«

Maria lächelte vor sich hin, die Stadt unter ihnen war ein Blumenstrauß aus Glühwürmchen. Nico legte den Finger auf den Schalter und drückte. Geraldina mündete in die

Glühbirne, vibrierte um die Spirale herum, erhaben. Das Wohnzimmer erhellte sich in den Ecken, die Möbel warfen sanfte Schatten. Maria löschte die Kerzen. Antônio klatschte in die Hände und blickte zur Decke.

40

FAST ELF UHR abends, Dinorá war bereits zu Hause, Júlia noch immer auf derselben Bank. Sie aß ein fades Abendessen, keine der Arbeitskolleginnen erkannte sie unter den Reisenden. Ein Mann kam auf sie zu. Schläfrig, wie sie war, merkte sie nicht, dass er sich ihr näherte.
»Júlia?«
Messias' offenes Lächeln legte seine Zahnplomben frei, sein Mund roch nach Minze, der Oberkörper nach Kölnischwasser.
»Ich wäre bis in die Serra Morena gefahren, um dich zu suchen und mein Geld einzutreiben.«
»Wirklich?«
»Ja, wirklich.«
Er nahm sie bei der Hand und führte sie fort.
»Du schläfst in dem kleinen Zimmer hinterm Laden. Dona Leila darf dich nicht sehen, und Ludéria besser auch nicht.«
»Die haben mich ja nicht mal gesucht.«
»Sie dachten, du seiest bei deiner Familie oder im Waisenhaus. Aber Ludéria hat erfahren, dass du bei den Nonnen nicht aufgetaucht bist, das hat mich beunruhigt.«
Bei Messias legte Júlia sich auf eine Matratze ohne Laken, eine Ratte zerbiss in einer Ecke gerade etwas Hartes. Der Laden befand sich in der Nähe der Kirche, und die Kirche war nicht weit von Leilas Haus entfernt. Ludéria würde

spätestens in einer Woche dort vorbeikommen. Messias hatte das Geschäft einem Angestellten anvertraut, um in die Serra Morena oder an irgendeinen anderen Ort zu reisen, auf der Suche nach Júlia. Er schlief erleichtert ein, nicht einmal die Stadt hatte er verlassen müssen, das Mädchen schlief in seinem Heim.
»Ich will nicht, dass Ludéria mich sieht.«
»Das kann ich dir nicht versprechen.«
Messias bemerkte die Erschöpfung des Mädchens, den Ausschlag am Arm, rot und blasig. Sie wusste nicht, was es war, vielleicht der Schinken vom Busbahnhof.
»Du bist einfach geschwächt, ich besorge dir ein Mittel.«
Júlia brachte den Tag damit zu, das Zimmerchen aufzuräumen, sie schleppte offene Bohnensäcke weg, stapelte Ölbüchsen in einer Ecke. Die Ratten schliefen in ihren Löchern, bei ihrer nächsten Mahlzeit wären sie diskreter. Am zweiten Abend klopfte Messias vor dem Schlafengehen an ihre Tür. Sie machte auf, und die Lebendigkeit des umgeräumten Zimmers sprang ihm ins Auge.

41

ANTÔNIO TAT DEN ganzen Tag nichts anderes, als die Lampe an- und wieder auszuschalten, zu beobachten, wie sie war und nicht mehr war.

»Willst du das den ganzen Tag lang machen?«, brummte Maria mit Onofre auf dem Arm.

»Sie ist ein Stern im Haus, genau das ist sie.«

»Ich brauche Feuerholz.«

»Nico hat gesagt, er bringt es mit, wenn er von Geraldo wiederkommt.«

Zu diesem Zeitpunkt hatte Geraldina bereits ihre Autonomie und ihren Verstand wiedererlangt. Noch immer in der Lampe, hörte sie den Namen des Sohnes und erzitterte bei der Nennung ihrer Brut. Sie war um die Glühspirale gewickelt und breitete sich nun langsam aus, durchdrang das feine Glas der Glühlampe. Sie mischte sich unter die Luft, ohne je von jemandem im Wohnzimmer eingeatmet zu werden. Substanzen unterscheiden sich durch Zahlen, sie war gerade, die Luft ungerade. Die Lungen erkennen das. Frei schwebend wie ein Rochen, der sich im Sand tarnen möchte, ließ sie sich langsam auf den kalten Zementfußboden herab. Der Temperaturschock brachte sie zurück zu Antônios Füßen.

Neben der Baumstammkirsche lag ein Stück alter Stamm, die Bank, auf der Antônio die kleinen Früchte kostete und seinen Hut damit füllte. Seine Hände und die Hemdleiste verfärbten sich vom Fruchtsaft, die Baumstammkirschen explodierten wie Feuerwerkskörper in Antônios Mund. Während er sich selbst versüßte, ruhte Geraldina freundschaftlich zwischen den Kügelchen des Baumstamms. Maria beschwerte sich bei Nico über den Baum. Seit er Früchte trug, saß Antônio darunter, fehlte ihr im Haus.

Nico, dessen Augen die Größe und Farbe der Früchte hatten, kehrte allmählich zu seiner früheren Fröhlichkeit zurück. Weder Geraldo noch Timóteo fragten ihn, wo er gewesen sei. Sie glaubten, er sei auf der anderen Seite des Tals gewesen, von wo man, wenn überhaupt, verändert wiederkehrt. Maria sprach nicht über den Kaffeefilter, Antônio verhielt sich ebenfalls diskret. Als Nico von Tizica zu seinen Augen befragt wurde, antwortete er, dass er es nicht wisse.

»Das war das Schöne an dir, mein Junge.«

»Und so gefällt es Ihnen nicht?«

»Ich vermisse diese vollen Augen, jetzt bist du zum Neumond geworden.«

Nico selbst fehlte auch die Farbe, die er zwar nie gesehen, über die anderen jedoch gespürt hatte. Er hatte das Blau in der Freude der Menschen gesehen, die ihn ansprachen, gegen die Klarheit kommt keiner an. Mit den dunklen Augen saugte Nico sein Gegenüber auf, die Düsternis der Menschen, die ihn ansahen, belastete ihn.

42

LANGE SCHON WOLLTEN die französischen Nonnen die Serra Morena besuchen, und insbesondere jetzt, da Antônio dort wohnte. Tizica, die das Haus seit der Errichtung des Wasserkraftwerks nicht gesehen hatte, kam auf die Idee, ihnen Sahnekekse zu bringen.

Die drei nahmen die Kutsche, ein Bediensteter aus der Klosterschule führte die Pferde. Die Französinnen hielten sich Taschentücher vors Gesicht, Parfümduft rundum. Tizica nahm den Geruch der beiden wahr, sie saß in der Mitte, betäubt vom Patschuli.

Am Tor zum Grundstück wurde Maria auf das Geräusch aufmerksam, das nur zu ihnen hoch kommen konnte, denn sonst gab es keine Fahrwege. Maria atmete tief durch, als sie die drei erkannte. Ihr Herz klopfte heftig, sie dachte an schreckliche Nachrichten, Todesfälle, Überschwemmungen, etwas, das zu Ende ging. Sie vermutete Böses, das, wenn nicht von den alten Frauen selbst, so von der Nachricht käme, die sie überbrachten.

Die drei stiegen aus, noch ehe das Tor geöffnet wurde. Wangen wurden geküsst, und Tizica erklärte sogleich, es sei ein unbeschwerter Besuch. Antônio las gerade, das Sieb auf den kurzen Schenkeln, im Wohnzimmer Bohnen aus, seine dicken Finger trennten die prallen Bohnen von den zarten. Er erblickte Cecille und Marie, stand auf, legte das Sieb auf dem Sofa ab und zog den Hut.

»Hallo, mein Kind«, entfuhr es Marie.

»Kommen Sie herein, ich mache Kaffee«, bot Antônio sich an.

Die drei betraten hintereinander die Küche. Sie setzten sich nebeneinander auf die Bank, das durchs Fenster fallende Licht fuhr wie ein Kamm durch ihre feinen, mit Haarspangen hochgesteckten Haare, bei allen dreien. Maria holte die Kinder aus dem Schlafzimmer, zum Vorzeigen. Onofre und Anésia wollten auf dem Boden herumkrabbeln und strampelten auf dem Schoß der Alten. Onofre wollte Anésias Hand, jedes Kind auf einem anderen Schoß, wollten sie sich an den Händen fassen.

Nico war auf Geraldos Ländereien und wusste nichts von dem Besuch. Die drei achteten nur auf Antônio, wandten sich kaum an Maria. Tizica bemühte sich, die Gastfreundschaft nicht zu gefährden.

»Ein kräftiges Pärchen, die beiden«, wagte sie den Vorstoß.

»Sie sind groß«, antwortete Maria.

»Groß«, wiederholte Cecille.

Antônio stieg auf einen Hocker, er war ausgetreten von seinen Füßen, an den Seiten höher, in der Mitte eine Mulde. Er schichtete Holz in den Herd und spielte mit den Funken. Er hatte in letzter Zeit zugenommen, und die Rückgratverkrümmung war stärker geworden. Wie er sich so über den Herd beugte, die Hüften rund wie ein Korb, drohte ein Kater sich auf seinen Nieren niederzulassen.

Sie würden dort übernachten müssen, sechs Stunden Fahrt, die Gebrechlichkeit des Alters ließ die Rückreise nicht zu. Der Nachmittag schleppte sich schwer und still dahin. Die Nonnen beobachteten, wie Antônio das Geschirr wusch und die Wäsche aufhängte, indem er das eine

Ende der Windel über einen Bambusstock legte und sie dann einfach auf die Leine fallen ließ. So trocknete sie dann, geknüllt, zerknittert. Er hängte Marias Kleider und Nicos Hemden auf, alles ohne Form, wie sie dort landeten, blieben sie auf der Leine liegen.
Maria suchte ein Huhn aus und schlachtete es auf dem Brunnenrand. Antônio holte Frühlingszwiebeln und Chuchu, wusch den Reis in der Kürbisschale und briet Knoblauch in Schweineschmalz für die am Vortag gekochten Bohnen an. Maria klapperte mit den Töpfen. Antônio wiegte die Zwillinge, energisch, einen nach dem anderen. Er machte Wasser heiß für ihr Bad, breitete ein Handtuch auf dem Ehebett aus, legte frische Wäsche bereit. Anésia spritzte Wasser über den Schüsselrand, Onofre trank es aus der Hand. Antônio warf ein paar Melissenblüten in die Schüssel, das duftete und beruhigte. Maria ließ die Zucchini anbrennen.
Nico kam nach Hause, entdeckte den alten Kutscher und lud ihn zum Abendessen ein. Sie aßen bei Sonnenlicht. Die Mägen, an feste Uhrzeiten gewöhnte Hautsäcke, aßen die heiße Mahlzeit, bestehend aus der Fleisch-Gemüse-Mischung mit Bohnen.
Am Abend bat Cecille Antônio um ein Glas Milch, die Küche war mit einer Lampe beleuchtet, die drei auf derselben Bank, auf dieselbe Art.
»Sie ist lauwarm«, sagte Antônio, als er den Becher brachte.
»Kocht ihr sie nicht ab?«, fragte Cecille.
»Nein«, antwortete Nico. »Sie stammt von Geraldo, und der hat sie noch kein einziges Mal abgekocht, stimmt's, Tizica?«
Die drei zogen sich in Antônios Zimmer zurück, er schlief

auf dem Sofa. Sie legten sich zur Ruhe, die beiden Nonnen nebeneinander im Bett, Tizica auf einer Matratze neben der Tür.

»Wir beide hätten gar nicht mitkommen brauchen, Tizica hätte uns die Familiensituation auch schildern können.«
Marie fühlte sich in dem Haus ohne Zierat und ohne Christen unwohl. Ohne Spiegelkommode im Badezimmer, ohne eine cremige Nachspeise, einen Keks zum Tee.
»Morgen nehmen wir Antônio mit zurück, wir können das nicht zulassen. Antônio ist ein Mann, auch als Zwerg. Außerdem ist Maria nicht ganz gesund und Nico nicht mehr derselbe.«
Tizica verkroch sich unter ihre Decke, ihr machte es nichts aus, Besuch zu sein, ein Abendessen zu essen, das nicht sie gekocht hatte. In den Morgenstunden hörte sie eine Tür quietschen, sie kannte diesen Rhythmus, also zog sie sich an und ging zu Nico.
»Die Nonnen werden Antônio in die Stadt mitnehmen.«
»Kommt nicht in Frage, Antônio ist kein Kind mehr.«
Tizica kehrte auf Zehenspitzen ins Schlafzimmer zurück. Die beiden Nonnen hörten sie nicht, tief war ihr Schlaf und die Erschöpfung nach der ruckelnden Kutsche. Der Kutscher hörte sie, er schlief auf dem zweiten Sofa der Sitzgruppe, wo auf dem einen Antônio schnarchte. Er bemerkte den Schatten und drehte sich auf die andere Seite. Am nächsten Morgen fing Marie gleich damit an.
»Antônio, pack deine Koffer und fahr mit uns zurück, es ist besser für alle.«
»Ich kann Maria nicht alleine lassen.«
»In einem Haus, wo die Frau schwach ist, herrscht das Böse. Und hier wird nicht mal die Milch abgekocht.«

Geraldina hörte alles unter dem Küchentisch mit, Antônio setzte Milch auf.

»Ich koche gleich einen ganzen Krug für Sie ab.«

Maria bekam das Gespräch im Schlafzimmer mit, betrübt suchte sie bei Nico Unterstützung, der zog seine Stiefel an und ging in die Küche.

»Schaut mal, da steigt eine Blase auf.«

Die drei Alten drückten sich an den Holzherd. In dem Topf stiegen drei Blasen auf, es war Geraldina, die heftig auf die hohe Temperatur reagierte und kreiste, als befände sie sich mittendrin in einem Hula-Hoop-Reifen. Luft macht Blasen.

43

GERALDO SCHICKTE TIMÓTEO los, Eneido zu suchen, der seit dem Bau des Wasserkraftwerks verschwunden war. Tizica rief ihm in Erinnerung, dass Eneido einer der Arbeiter war, die Geraldina gekannt hatten, dass sie ihn gerngehabt, dass Geraldos Vater ihn geachtet hatte. Tizica sprach auch von dem Versuch, Antônio zurück in die Klosterschule zu bringen. Geraldo hatte dazu keine Meinung, es war ihm so egal wie die Existenz des Zwergs. Tizica redete wie ein Wasserfall, als sie aus der Serra Morena wiederkam. Sie musste an die ehemaligen Nachbarn denken, an die Toten, die Lebenden, an ihr eigenes Grab.

»Wenn ich mal tot bin, dann leg mich zu deiner Mutter oder wirf mich in…«

»Bring mir schnell ein Glas Wasser und ruf Timóteu, ich muss ihm was auftragen.«

Der Junge packte eine Garnitur Wechselwäsche, einen halben Kuchen und eine Flasche mit Kaffee in seinen Beutel.

»Du überquerst das Gebirge, gehst auf die andere Seite und bringst mir Eneido. Nico erzählt zwar nichts, aber dort steckt der Halunke.«

»Warum geht dann nicht Nico, wenn er den Weg schon kennt?«

»Er kann sich wieder verlaufen, und du verläufst dich nicht, weil du ängstlich bist. Außerdem ist Nico seitdem verwirrt, wie soll er da Eneido zurückbringen? Er hat früher schon nicht viel gesagt, aber jetzt hört man seine Stimme gar nicht mehr.«

»Ich wette, er war doch in der Kaffeekanne.«

Sie lachten. Tizica hörte zu und erinnerte sich an die Milch, die gekocht hatte, ohne überzulaufen.

Am Morgen machte Timóteu sich auf den Weg. Er gelangte an den Fuß der Serra Morena, stieg hoch, kam am Gatter zu Nicos Grundstück vorbei und ritt weiter. Oben angelangt, sah er zu seinen Füßen die kleine Stadt, weit weg. Den Turm der neuen Kirche, Geraldos großes Haus. Nun gab es keinen Weg mehr, nur noch einen kleinen Trampelpfad. Er musste weiter, die Büsche schrammten die Haut des Pferdes.

Mit dem Buschmesser schlug er die trockenen Äste ab, nichts sollte seine Hosen oder die Lederhaut des Pferdes verletzen. Die Stadt verschwand in seinem Rücken, er stieg abwärts. Das Kreuz gerade, der Pferderücken gebeugt. Er kam vom Weg ab und hoffte auf irgendein Zeichen.

Der Wald wurde immer dichter, das wenige Licht fiel konzentrierter auf den Boden, auf die dicken Wurzeln und die Samen der Bäume, die keine Blüten trugen. Das Pferd blieb stehen, ohne dass er dies befohlen hatte, Timóteo stieg ab. Er ging drei Schritte, entfernte ein paar Zweige und entdeckte eine Lichtung, aber eine Lichtung in der Luft. Er stand am Rand eines Abgrunds. Er legte sich auf den Boden und sah nach unten. Das Gewicht des Körpers auf die Erde gepresst, hätte ihn fast der Mut verlassen. Da erblickte er den Weg. Die Lichtung ging über in einen dicht bewaldeten, steilen Wasserfall. Er erkannte, dass er,

wenn er ihn umrundete, an seinen Grund gelangen und dann das Tal durchqueren konnte.
Er umrundete ihn rückwärts. Unten am Wasserfall angekommen, ritt er weiter über Steine, die nun weniger spitz waren, band das Pferd an einen Baumstamm und trat hinter den weißen Vorhang aus eisigem Wasser. Hier waren die Tropfen weniger dick, feine Spritzer benetzten seine Armhärchen. An einem Stein entdeckte er eine runde Öffnung, er stützte sich ab und stieg mit Kopf, Armen und Beinen hinein. Je weiter er vordrang, umso breiter wurde der Einstieg. Er führte in ein geräumiges, hohes Gewölbe, der Wasserfall gehörte bereits der Vergangenheit an. Vor ihm saß, mit wirrem Haar und Terrakottahaut, Eneido.
Fasziniert von der Besonderheit des Ortes, hatte Timóteo zunächst keinen Sinn für Eneido. Das gleißende Licht kam von der Sonne, die frontal auf die Öffnung fiel, und die Höhle endete an einem Abgrund, welcher wiederum die Wand des nächsten Tals bildete. Die andere Seite des Tals war ein weiteres Tal.

44

NICO ERFUHR, DASS Timóteo Eneido suchen gegangen war. Tizica erzählte es ihm, erstaunt über Geraldos Interesse, bestimmt hatte er ein Auge auf Eneidos inzwischen erwachsene Tochter geworfen. Das Mädchen musste ihn darum gebeten haben, sie wollte den Vater zurück, und seien es nur die Knochen, um sie in ihrer Nähe zu bestatten und einen Ort zu haben, wo sie für seine Seele beten konnte. Nico gab ihr recht. Es konnte nur das sein, wenn Geraldo einen Arbeiter wie Timóteo freistellte und auf die andere Seite des Tals schickte.
»Bist du dort gewesen, Nico?«
»Ich hab doch nur im Schweinestall geschlafen, Mann.«
»Hast du Eneido gesehen?«
»Da war niemand.«
Tizica wollte Nico weiter über sein Verschwinden ausfragen, sie war die Einzige, der er das zugestand. Und auch nur bedingt, einen Spalt breit, den er gleich wieder verschloss, damit die Spannung nicht nachließ.
Nico war gerade auf dem Heimweg von der Fazenda Rio Claro, die nun zwei Stunden weiter entfernt lag. Antônio holte Onofre und Anésia aus dem Schlafzimmer, die beiden liefen seit ein paar Tagen, auf wackeligen Beinen, die Füße platt auf der Erde. Gebadet waren sie schon, der Kragen des einen Overalls gelb, des anderen weiß. Er legte sich aufs Wohnzimmersofa, je einen Zwilling

neben sich, und wartete auf Nico. Maria holte ein paar frittierte, im eigenen Fett konservierte Schweinefleischstückchen aus der Büchse. Das Schweineschmalz zerfloss in der heißen Pfanne und erhitzte das weiche Fleisch. Zwei Bananentorten kühlten am Fenster ab, ihr lauwarmer Duft stieg hoch bis zu den Vögeln. Als Nico ankam, sah er an der seitlichen Hauswand eine Hüfte, die sich bewegte, größer als die von Maria, viel größer als die von Antônio. Schlimmer noch: Es waren zwei, und sie trugen Röcke.
Identische Zwillinge, zwei gleich aussehende alte Damen, stahlen gerade die Torten. Mitsamt der Platte steckten sie sie in einen Futtersack. Sie bemerkten Nico nicht und verschwanden im Maisfeld, keine Hüfte ward mehr gesehen.
Nico trat ein, legte den Hut auf das Sofa, auf dem Antônio und die Kinder lagen, und lief zum Maisfeld. Maria hörte was und ging ans Fenster. Sie sah Nico zwischen den reifen Pflanzen verschwinden.
»Antônio! Antônio, lauf hinter Nico her, er verschwindet wieder.«
Die alten Zwillinge rannten auf einem imaginären, nicht auf dem Boden vorgezeichneten Pfad und zerpflückten dabei die noch warmen Torten, indem sie in den Sack griffen und Frucht- und Teigstückchen abrissen. Nico versuchte, dem Bananengeruch zu folgen, doch der Mais war unerbittlich, und so verlor er die geruchliche Spur. Er blieb stehen und wischte sich den Schweiß ab. Auf einem Blatt direkt vor seinen Augen ein Haar, das nicht vom Mais stammte, sondern von einem Menschen, weiß und lang. Blätter raschelten in dem Dickicht, es war nicht der leise Wind, sondern Antônio mit einem Buschmesser, riesen-

hafter Krieger für die Ameisen, die er auf dem Weg zertrampelte.
»Hast du mich erschreckt, Nico! Maria ruft dich.«
Sie kehrten zurück. Maria bemerkte das Fehlen der Torten.
»Die Alten haben sie mitgenommen, als ich kam, waren zwei unterm Fenster, sie sind mit den Torten abgehauen«, sagte Nico.
»Diese Woche kommt ein Arzt aus der Stadt, du könntest mal mit ihm reden«, sagte Maria.
»Sind es zwei? Die habe ich auch gesehen, dort unten am Staudamm, sie haben an der Brücke Wäsche gewaschen. Anscheinend haben sie früher mal für Geraldo gearbeitet, als seine Mutter noch am Leben war«, sagte Antônio.
Maria atmete erleichtert auf, Nico ebenfalls. Er hatte Angst vor dem, was er sah, war traumatisiert von dem langen Schlaf oder der kurzen Amnesie, und er wusste nicht, was schlimmer war, vergessen oder erinnern.

45

»**KOMM ZUM HINTEREINGANG** rein.«

Ludéria lief durch den Seitenflur des Ladens, vorbei an Türen, hinter denen Besen, Schrubber, Schüsseln, Waschpulver und Getreide gelagert waren. Am Ende angelangt, klopfte sie an eine Tür, über deren Schwelle ein geblümter Teppich lag.

»Júlia?«

»Komm rein.«

Sie setzten sich aufs Bett, über ihnen ein braunes Fenster. Júlia erzählte vom Busbahnhof, von Dinorá, Tadeu, der Frau in Violett, der Pension, der Serra Morena, in die sie nie gelangt war.

»Bist du den ganzen Tag hier drin?«

»Ich geh in die Sechsuhrmesse, in die du nicht gehst.«

Am selben Nachmittag noch erzählte Ludéria alles Leila.

»Ich nehme sie nie wieder auf, sag ihr das.«

Júlia fragte Ludéria, die inzwischen mit ihr den Nachmittagsgottesdienst besuchte, nach einem Job. Durch ihre Arbeit auf der Toilette des Busbahnhofs hatte sie besser reden gelernt, sie hatte Deodorants verkauft, Erfahrungen gesammelt. Ludéria fand es schwierig, sie hatte keinen Freundeskreis, aber Messias würde doch bestimmt jemanden kennen.

»Ich muss arbeiten, Messias, du kennst so viele Leute, braucht da nicht jemand eine Putzfrau?«

»So was Hübsches wie du soll putzen gehen, ich geb dir doch alles.«
»Ich brauch das, Messias.«
»Um Geld zu sparen und an diesen Ort zurückzufahren, den es nicht gibt?«
»Ich fahr nie mehr dorthin zurück, das versprech ich dir.«
Messias erinnerte sich an einen Mann seines Alters, Jorge, der immer zu einer Versammlung ging, an einen Ort des Glaubens und der guten Menschen. Jorge hatte schon mal vorgefühlt, ob Messias sich nicht darüber unterhalten wolle. Jorge war ein guter Kunde, er kaufte Riesenstücke vom Stockfisch. Messias sprach offen mit ihm über seine Geschäfte und sogar über Júlia. Er verriet auch, dass er eine Stelle suchte, wo Júlia sicher arbeiten konnte, ohne dass er sie aus den Augen verlor. Jorge war seit über zwölf Jahren Kunde, seit dem Tag, an dem Messias seinen Laden eröffnet hatte. So erschien der stets zuvorkommende Messias, nachdem er ausgefragt hatte und ausgefragt worden war, auf einer der Versammlungen. Er besuchte sie heimlich, jeden Montagabend verließ er den Laden unter dem Vorwand, er hätte Wichtiges zu erledigen.
»Júlia, es gibt da eine gute Stelle zum Putzen für dich, es sind zwei Räume, wenig Arbeit, einmal die Woche, und sie zahlen gut, wäre das was?«
»Und ob.«
Júlia ging morgens hin und blieb drei Stunden, polierte Holzbänke, Marmortische, hinterließ die Spüle, in der kein Geschirr gewaschen wurde, sauber. Sie staubte ein paar Umhänge auf Kleiderhaken ab und wachste den schwarzweißen Boden des ersten Saals. Im zweiten lenkten

die an die Decke gemalten Sonnen und Sterne sie ab, wenn sie den Putzlappen auswrang.

»Es nennt sich Freimaurerloge.«

»Kenn ich nicht«, sagte Ludéria.

»Es muss eine Religion sein, denn auf einem der Tische liegt eine Bibel, es gibt Holzbänke wie in der Kirche und Gemälde an den Wänden.«

»Frag Messias, was er dort macht, Júlia.«

»Er hat gesagt, ich kann dort bleiben, wenn ich keine Fragen stelle, er ist mein Chef.«

»Was für ein Glück, Mädchen! Er kümmert sich wie ein Vater um dich, und dann hast du nicht mal eine Chefin. Deine Stunde ist gekommen…«

»Was für eine Stunde?«

»Die des Aufstiegs.«

46

CECILLE UND MARIE litten sehr unter ihrer Niederlage. Sie hatten Antônio nicht zurück in die Klosterschule bringen können. Sie waren im gleichen Alter und hatten dieselben Probleme mit der Leber und der Galle. Viel Likör, wenig Wasser. Kinder, die niemand adoptiert hatte, wurden in der Schule angestellt oder zogen in die Kleinstadt, die seit der Errichtung des Wasserkraftwerks und der Ankunft der neuen Bewohner gewachsen war. Weniger Kinder verwaisten, und die Klosterschule widmete sich wieder ihrer ursprünglichen Aufgabe, der Alphabetisierung und Indoktrination. Da sie beide alt waren, richtete eine Waise bereits das Zimmer für die neue Nonne her, die aus der Ferne kommen und die Verwaltung, die jesuitische Beratung und den Erhalt der moralischen Werte übernehmen sollte. Es roch nach abgestandenem Blumenwasser, bleiernen Briefbeschwerern, schmutzigen Kräutersäckchen in den Schubladen.
Die neue Nonne überquerte auf einem Dampfer das Meer, fuhr auf der Straße weiter bis in die kleine Stadt. Zur Begrüßung gab es Tee und ein Abendessen mit dem Pfarrer. In ihrem Gepäck brachte Françoise Marmelade, Wildpastete und Likörwein mit, sie ging auf die fünfzig zu. Mit ihr kamen zwei Mädchen, die kein Wort der Landessprache verstanden, sie sollten Zweigstellen in benachbarten Städten errichten, so die Direktive, die ihnen bei der Abreise mitgegeben worden war.

»Es gibt viel zu tun«, seufzte Marie.
»Also, wer Sie hört, könnte meinen, dass die Stadt verloren ist, dass die Neuen keine Orientierung erhalten und die Alten die Werte nicht wahren«, warf Françoise ein.
»Man kann nicht alles unter Kontrolle haben«, sagte Cecille zum Schluss.
Die beiden zogen sich gleichzeitig zurück, der Pfarrer blieb noch eine Viertelstunde, erläuterte Françoise ihren neuen Lebensweg. Ein paar Tage später kam der Pfarrer erneut, diesmal um Marie und Cecille das Sakrament für ihren neuen Lebensabschnitt zu erteilen. Sie starben beide am selben Tag, zu unterschiedlichen Uhrzeiten. Zuerst Marie, die unter keinen Umständen Cecilles Leichnam hatte sehen wollen, der in dem mit weißem Leinen gefütterten Sarg jung wirkte.
Geraldo ging zur Totenwache und war einer der Sargträger. Françoise bat ihn um eine private Unterredung in der Klosterschule.
»Ich habe erfahren, dass bei Ihnen noch immer ein Mann arbeitet, den Sie auf der Fazenda großgezogen haben.«
»Nico?«
»Ja, der Bruder von Júlia und Antônio. Da Sie über Autorität und Erfahrung in der Verwaltung von Vermögen verfügen, übertrage ich Ihnen im Namen der verstorbenen Schwestern die Vollmacht über die Erbschaft, die Marie und Cecille Antônio, dem Bruder Ihres Angestellten, hinterlassen haben.«

47

TIMÓTEOS BLICK WURDE müde von der Weite, die Augen erschöpft, zu klein für die Größe der Dinge. In der Ferne nahm er Bewegungen von Armen und Beinen wahr, Menschen, die eine Leiter an einem Schiff hinauf- und hinabstiegen. Es war ein gestrandetes Schiff, schwarz, goldene Ränder, dessen Reise unterbrochen worden war. Darum herum üppige Vegetation, saftiger Wald, Wasserfälle an den Steilwänden, weshalb er das Schiff erst auf den zweiten Blick bemerkt hatte.
Timóteo blickte zurück, suchte Eneido, und der kam auf ihn zu.
»Von hier ist das Wasser ins Tal der Serra Morena geflossen, sie haben dieses Tal geleert, um das dortige zu füllen.«
»Nein, Eneido, das Wasser kam von der anderen Seite, ich hab es gesehen.«
»Nichts hast du gesehen. Es kam von hier, Timóteo, die Leute dort unten sitzen fest, seit die Serra Morena Licht hat.«
»Leben sie da drin?«
»Zur Zeit, ja. Sie haben draußen Pflanzungen angelegt, es gibt zwei Alte, die kommen hier hoch und reden mit mir.«
»Alte Leute kommen hier nicht hoch, Eneido.«
»Auf dieser Seite schon.«
Eneido erklärte alles, dass sie Wasserschweine und Beuteltiere aßen, die Milch von Dornenbüschen tranken, Blüten

auspressten, um bittere Früchte zu versüßen. Auf dem Boden kein einziger toter Fisch, alles bereits zum Düngen verwendet. Fische und jegliches andere Meeresgetier.
»Aber das Wasser, das drüben reinfloss, ist süß.«
»Es wurde süß, weil es die Schwelle überschritten hat, jede Seite hat ihren Zustand, hier ist es salzig, dort süß.«
»Schwelle?«
»Wo wir sind, das ist die Schwelle.«
»War Nico hier?«
»Ich habe Nico seit der Hochzeit im Dorf nicht gesehen.«
Eneido ließ Timóteo an der Höhlenmündung stehen und ging nach hinten, in sein Zuhause. Dort hatte er zerkleinerte, getrocknete Seepferdchen, die er in einer Muschel mit Reis vermengte, der dann langsam in der Hitze der Höhle garte. An den Stückchen hingen noch die Haare der Tiere, er hatte sie auf den dunklen Baumstämmen geräuchert. Timóteo erschrak über nichts, er staunte eher. Er überlegte, wie er das, was er gerade sah, seinen Freunden erzählen würde, erwog, nicht zu sagen, wie er dorthin gelangt war. Um später wiederzukommen, allein. Und der zu sein, der dem Volk die Neuigkeiten überbringt. Er sah sich bereits mit dem Pfarrer am Kirchenaltar stehen, selbst die Hostie austeilend, er, der Empfänger des Göttlichen. Ich werde geachtet werden, Seu Geraldo wird mir die Fazenda vermachen, und einen Monat später heirate ich.

48

GERALDO BEFAHL, NICO kommen zu lassen, und zwar schnell.
»Hol du Timóteo zurück, du kennst den Weg.«
»Ich kenn ihn nicht, die Leute reden zu viel.«
»Du kennst ihn nicht? Das kannst du jemand anders erzählen, deinem idiotischen Bruder, aber nicht mir. Wer einmal dort war, findet wieder hin.«
»Wenn Sie so mutig sind, dann gehen Sie doch selbst.«
»Sprich nicht so mit mir, sonst bestrafe ich dich, nimm dich in Acht.«
Nico fehlte ein, zwei, drei, vier Tage bei der Arbeit. Er blieb zu Hause, mit Maria und Antônio, die sich über seine ständige Anwesenheit wunderten. Alles wurde dort langsam erledigt, eine Hand half der anderen, Marias Hand der von Antônio, doch Nicos Hand war zu viel, war überflüssig.
»Was ist mit dir los?«, fragte Maria.
»Ich geh nicht mehr zurück auf die Fazenda.«
Als Antônio das hörte, setzte er seinen Hut auf und ging hinaus. Er verbarg sich im Maisfeld und sollte erst am Abend wiederkommen. Da er die Himmelsrichtungen kannte, steuerte er direkt das Zentrum der Pflanzung an und blieb genau in ihrer Mitte stehen. Die Wege zwischen den Maisreihen waren ihm vertraut, die Linien des Pflugs kreuzten sich mit seinen Überlegungen. Geraldina schien für ihn die Maisblätter wegzupusten, auf einer bestimmten

Höhe nur, vom Fuß der Pflanze bis zu ihrer Mitte, entsprechend Antônios Größe.

Genau im Zentrum befand sich eine kleine Lichtung, wo eine Maispflanze fehlte, Antônios Betstätte. Er blickte in die Höhe, über ihm die prallen Maispflanzen und eine Wolke, zu seinen Füßen Geraldina.

»Hast du reifen Mais geerntet?«, spottete Nico.

»Ich habe Ideen geerntet.«

Antônio sagte, dass er mit Tizica sprechen wolle, da sie Geraldos Mutter sei, in Ermangelung der leiblichen. Er würde in die Stadt gehen und am selben Tag wiederkommen, er hätte ja auch keine Bleibe. Bei der Gelegenheit wolle er auch die neue Siedlung kennenlernen, wo alle dicht beisammen wohnten, mit einer Mauer zwischen den kleinen Grundstücken. Er würde auch die Klosterschule besuchen, nach all den Jahren.

»Ohne dich schaffe ich das nicht, was bedeutet das, dass du im Maisfeld nachdenkst?«, fragte Maria.

»Ich habe noch eine andere Idee geerntet, wenn Tizica es nicht schafft, Geraldo das auszureden, gehen wir eben alle auf diese andere Seite.«

»Ich zieh nicht mit den Kindern durch die Welt«, sagte Nico.

»Ich hätte den Mut dazu«, fügte Antônio hinzu.

»Was hat das mit Mut zu tun, wenn wir das Tal durchqueren sollen?«, fragte Maria und verließ den Raum.

Onofre lief hinter der Mutter her, Anésia lief hinter Onofre her.

49

ANTÔNIO, NICO UND Maria blieben, wo sie waren, ebenso Geraldina. Auf dem letzten Teller trocknete im Ablaufgitter der Spüle eine salzlose Träne aus Brunnenwasser. Das Eingangstor quietschte, Geraldo stand bereits auf dem Grundstück, es quietschte erneut, als er es von innen schloss. Nico empfing ihn.
»Patron?«
»Lass mich hier übernachten, mein Junge, das ist das Mindeste, was ich von dir an Dankbarkeit erwarte.«
Geraldo band sein Pferd an einen Guavenbaum. Antônio knabberte an einem süßen Brötchen, Geraldina wand sich um seine Waden, da fiel ihm ein Stückchen runter und landete, Weizenpollen verstreuend, unter der Bank. Maria begann, die Kinder in der Schüssel zu baden, und Nico gab dem Pferd des Patrons Wasser, aus alter Gewohnheit. Geraldos Stiefel rieben auf dem Wohnzimmerboden, feiner Staub stieg auf, seine Schritte näherten sich der Küche und seiner Mutter, die unruhig wurde.
Geraldo sah unter die Bank und erblickte eine kleine Pfütze. Er sah auf Antônios Hose, vielleicht hatte der Zwerg ja vor Angst oder Inkontinenz eingepinkelt. Die Pfütze war seine Mutter, aromatisiert mit dem Zimt des Brötchens. Geraldina war zwar kein Edelgas, hatte aber dennoch exzentrische Eigenschaften. Antônio blieb stehen, legte den

Brötchenrest, den er noch in der Hand hielt, auf die Spüle, der Hunger war ihm vergangen.
Nico kam hinterher, bot Geraldo Kaffee an.
»Später, zuerst kauf ich dieses Haus, Nico.«
Die Stimme des Sohnes, die heiße Ausdünstung seines Körpers erhitzte die Pfütze und ließ sie verdampfen. Solange Geraldo im Haus war, verlor Geraldina ihre klare Form, in Anwesenheit des Sprösslings war sie kein geschlossenes System mehr.
»Ich verkauf es nicht, es ist ein Andenken an meine Eltern.«
»Das Haus hat das Wasser geschluckt, das mit dem Andenken ist nur Einbildung.«
Geraldo bot viel Geld, es gäbe ein gutes Haus in der Kleinstadt, wo sogar nachts das Licht durch die Drähte strömte und leuchtete. Maria und Antônio waren begeistert, die Kinder würden zur Schule gehen, jeden Tag gäbe es was Neues, bis sie sich daran gewöhnt hätten, dass die Nachbarn so nah wären.
»Ich will hier nicht weg, außerdem müsste Júlia zustimmen, dieses Haus gehört auch ihr.«
Die Erwähnung Júlias entmutigte Geraldo. Er würde sie in der großen Stadt suchen müssen. Er übernachtete in der Serra Morena und wollte das Haus, weil er von dort aus einen strategischen Überblick über seine Ländereien haben würde.
Im rosigen Morgenlicht sah Geraldo den aufgeregten Hühnern beim Picken zu, als wären es bereits seine. Da erblickte er zwei völlig gleich aussehende alte Frauen, derselbe Rock, dieselbe Bluse, dieselben weißen, zum Knoten hochgesteckten Haare, runzelige Hände. Geraldo unter-

nahm nichts, alte Zwillinge würden keiner Fliege was zuleide tun.

»Maria!«, schrie Geraldo, nicht, um die beiden zu erschrecken, sondern damit Maria ihnen half.

Nico hörte Geraldo. Vom Schuppen aus konnte er den Patron sehen, mit offenem Hemd, den Mund vor Erstaunen aufgerissen. Auf Geraldos Schrei hin rannten die Alten flink wie Wiesel ins Maisfeld.

»Schnell, Nico, hol meine Flinte.«

Nico gehorchte, die Waffe lag auf dem Sofa, auf dem der Großgrundbesitzer geschlafen hatte.

»Hier«, sagte er und reichte sie Geraldo, ohne darauf zu achten, worauf dieser zielte. Er ging zurück in die Küche, hielt Maria am Arm fest und bat Antônio, still zu sein.

Geraldo schoss in die Luft und dann in Richtung der beiden Alten. Er hörte einen Schrei, die Blätter raschelten.

Die drei gingen hinaus, Geraldo lief in Richtung des Geräuschs. Doch ehe er das hohe Grün betrat, tauchte ein kleiner, haariger Hund aus dem Feld auf, ohne große Überzeugung lief er durch Geraldos Beine hindurch.

»Das Maisfeld bringt Hunde hervor«, sagte Antônio.

50

IRGENDWELCHE NEUIGKEITEN VON den Freimaurern?«
»Nein, da gibt's nur Kleider, Schwerter und Bibeln. Aber es ist bestimmt eine Religion, wirkt aber eher wie ein Kino.«
»Nimm mich mal mit, ich hab Erfahrung und erkenne mit einem Blick, was es ist.«
Ludéria konnte sich bei Leila freinehmen und kam an einem Freitag, Júlias Putztag, mit. Sie gingen am frühen Nachmittag los. Dort angekommen, bemerkte Júlia, dass die Putzmittel zur Neige gingen. Ludéria schlug vor, sie dort in der Nachbarschaft zu kaufen, Júlia könne ja hinterher mit ihrem Chef abrechnen, aber besser wäre es, alles ordentlich zu hinterlassen. Als sie zurückkamen, bemerkte Júlia, dass jemand in der Loge war. Sie bat Ludéria, draußen zu bleiben, bis die Person gegangen wäre. Es war ein gut gekleideter Herr, in Bügelfaltenhose und Paletot.
»Was kann ich für Sie tun, mein Fräulein?«
»Ich bin die Reinigungskraft und habe gerade Putzmittel besorgt, Messias hat mir den Schlüssel gegeben.«
»Er hat mir von Ihnen erzählt, kommen Sie herein.«
Júlia lief in die Küche und reinigte ohne Eile einen großen Schrank mit zehn Gläsern drin. Sie hörte Geräusche, die verrieten, dass der Mann etwas vorhatte. Sie schlich zur Tür und hatte plötzlich das Gesicht des Alten vor sich, seine Augenbrauen waren von Nahem wie kleine Markisen in dem runzligen Gesicht.

»Ich mache mich auf den Weg, geben Sie den Schlüssel Messias.«

»Jawohl, mein Herr.«

Sie gab den Schlüssel nie Messias, er überließ ihn ihr in vollem Vertrauen. Als der Herr die Tür hinter sich geschlossen hatte, wusch Júlia einen bereits sauberen Lappen aus und trat an das Fenster der Vorderfront. An einer Bushaltestelle erblickte sie in der Ferne Ludéria, die gesehen hatte, dass der Alte gegangen war. Ludéria überquerte die Straße, Júlia entriegelte die Tür und ließ sie herein.

»Das hat ja gedauert! Es ist schon noch vier.«

»Ich mach meine Arbeit, bis jetzt habe ich nur getrödelt.«

Ludéria setzte sich auf die Stühle, die Bänke, strich mit der Hand über die Gemälde, blätterte in der Bibel.

»Das ist was Religiöses, Júlia. Von diesem Tischchen aus redet einer, und die andern hören zu wie in der Kirche. Eine Messe nur für Männer ist komisch, oder?«

Ein Geräusch an der Tür ließ Ludéria aufspringen, ihre Hände führten die Bibel zur Brust. Der Herr sah Júlia gebückt am Boden und Ludéria mit dem Buch im Arm. Júlia wrang den Lappen über dem Eimer aus, das Wasser tropfte wie Tränen herab, zwischen ihren Beinen strömte heißer Urin, der Blase entwichen.

»Raus mit euch beiden. Aber sofort!«

51

GESENKTEN HAUPTES BETRAT Ludéria ihr Zimmerchen. Leila hörte die Hausangestellte die Treppe im Nebengelass hochsteigen und wartete in der Küche auf sie, denn Leila würde nicht zu Ludéria gehen, Ludéria müsste schon zu ihr kommen. Leila löschte das Licht und blieb, Maiskekse essend, sitzen. Zwanzig Minuten später kam Ludéria die Treppe herab, lief über den Hof, stieß die Schwingtür auf, machte das Licht an und lief schnurstracks auf den Wasserfilter zu. Leila verharrte unbeweglich.
»Du bist entlassen.«
Das halb gefüllte Wasserglas zerschellte am Boden.
»Die Messe hat länger gedauert, ich gehe zur Neun-Tage-Andacht, Dona Leila.«
»Weil du mit dieser Undankbaren zusammen bist, hast du den Fluch ihrer Familie auf dich geladen.«
»Herrin…«
»Diese Júlia macht nur Ärger.«
»Ich habe nichts mit Júlia zu tun, Dona Leila, ich verspre…«
»Halt den Mund.«
Als Júlia den Laden betrat, saß Messias nicht an der Kasse, und sie rannte nach hinten. Messias erwartete sie wie Leila im dunklen Zimmer, um sein Urteil zu verkünden.
»Ich habe gerade einen Anruf erhalten.«
»Wegen Ludéria?«

»Ich hab dir gesagt, dass es eine gute Anstellung ist und dass ich als Gegenleistung Loyalität erwarte. Ich kann dir nicht mehr vertrauen, Júlia.«
»Ludéria wollte nur sehen, wie es da drin aussieht.«
»Du hast mir dein Wort gegeben und es nicht gehalten, ich kann dich nicht länger unterstützen.«
Messias legte Geld aufs Bett, große, zusammengefaltete Scheine, und ging hinaus. Júlia packte ihren Koffer, es war immer noch der vom Waisenhaus. Sie legte das zusammengerollte Geld in ein Platzdeckchen, auf das ihr Name gestickt war, in Kinderschrift, ihrer eigenen im Alter von neun Jahren, damals noch in der Klosterschule der Französinnen. Júlia Malaquias, krumm und schief, der Name vom vielen Waschen verblichen.
Sie traf Ludéria in der Kirche an, das Ave-Maria betend. Sie setzte sich neben sie, Ludéria empfand ihr Auftauchen als Antwort der Heiligen Jungfrau. Sie tauchten die Finger ins Weihwasser, bekreuzigten sich und setzten sich draußen auf die Treppe.
»Sie hat mich entlassen, wegen dir.«
»Wie hat sie es erfahren?«
»Du schuldest mir eine Anstellung.«
»Gehen wir zum Busbahnhof?«
»Wohin?«
»Zum Busbahnhof.«
»Ja, Busbahnhof hab ich verstanden. Aber wohin fahren wir von da aus?«
»Wir bleiben dort.«
»Spinnst du?«
»Messias hat mir Geld gegeben, wir essen was. Man kann dort seinen Koffer lassen, und dann treiben wir uns so lan-

ge unter den Reisenden herum, bis uns was einfällt. Da drin regnet es nicht. Es ist nicht windig. Keiner verjagt uns.«

52

TIMÓTEO WAR WACH, und gleichzeitig schien er zu schlafen. Eneido machte im hinteren Teil der Höhle Feuer. Das lilafarbene Sonnenlicht färbte die Ränder des Schiffs violett. Dichter Wald bedeckte mehr als die Hälfte des Dampfers. Dem Bug nach zu urteilen, war es ein großes Schiff.
»Wirst du hier schlafen, Timóteo?«
Jemand hängte ein Laken über das Geländer am Bug. Ein weißes Laken, der Größe nach für ein Doppelbett, eine Frau mit goldenem Haar, jung, zarte Arme.
»Eneido, da unten sind Leute.«
»Hör auf, sie anzustarren, sonst starren sie zurück.«
Timóteo sah Eneido herausfordernd an.
»Und wenn schon?«
»Du bist jetzt seit drei Tagen hier, schläfst du heute Nacht noch mal hier?«
»Ich will alles wissen, sonst finde ich nicht zurück.«
»Du kennst jetzt den Weg.«
Ein dumpfes Bellen drang in die Höhle.
»Hast du einen Hund, Eneido?«
»Nein, ich mag keine Hunde, die muss man nur ständig füttern.«
Die wuschelige Hündin aus Nicos Maisfeld erschien mit hängender Zunge in der Höhle und bellte lauter, ohne mit dem Schwanz zu wedeln.
»Raus mit dir, Hund!«, brüllte Eneido.

Er verscheuchte die Hündin, und sie verschwand.
»Ich will keinen Hund hier, und dich auch nicht.«
»Morgen mach ich mich auf den Weg.«
Eneido reichte Timóteo eine gegrillte, duftende Wurzel.
»Das riecht nach Frau«, sagte Eneido.
»Warum gehst du nicht zurück? Deine Frau, deine Kinder, Seu Geraldo, alle dort unten wollen wissen, wo du steckst. Sie halten dich für tot.«
»Das machen sie nicht mehr, sobald du ihnen erzählst, dass du mich gesehen hast.«
»Entweder erzähle ich, dass ich dich gesehen habe, oder dass ich das Schiff gesehen habe. Wenn ich beides erzähle, halten sie mich für verrückt.«
»Das ist wahr.«
»Ich will, dass sie mir glauben. Niemand hatte je den Mut, hierherzukommen, nur du und ich.«
»Wie geht's Antônio?«
»Antônio wird immer verrückter. Redet dummes Zeug. Als Nico verschwunden war, meinte er, er sei in die Kaffeekanne gefallen.«
»Und Júlia?«
»Die hat in der Klosterschule eine Familie gefunden, und keiner hat sie mehr gesehen.«
»Júlia gehört dieses ganze Land.«
»Ach was!«
»Sie ist die Tochter von Geraldo.«
Das Bellen kam wieder, diesmal aus weiterer Ferne. Timóteo trat an den Rand des Abgrunds. Die Hündin stand auf dem Bug des Schiffs und wedelte mit dem Schwanz.

53

JÚLIA UND LUDÉRIA ließen ihre Koffer in der Gepäckaufbewahrung und suchten sich einen Platz fernab der Toilette, so wollte es Júlia.

»Da kommen so viele Leute vorbei, und am Ende riechen deine Klamotten nach Desinfektionsmittel.«

Sie saßen da, ihre Handtaschen auf dem Schoß, die Hände auf den Schenkeln, ein gutes Motiv für einen Porträtzeichner.

»Ich schaff das nicht, Júlia.«

»Was?«

»Ruhig dasitzen wie du, ich bin kein Mensch mit Sitzfleisch.«

Ludéria stand auf und ging zur Toilette. Júlia folgte ihr mit den Augen, der Uhrzeiger verdeutlichte ihr, wie die Minuten verstrichen, Reisende liefen zu ihren Bussen, die üblichen Menschen. Júlia erkannte ein paar anonyme Gestalten wieder, Kinder ohne Zuhause wie sie, das Mädchen vom Imbiss, aber Dinorá sah sie nicht. Ludéria kam aufgeregt zurück.

»Eine alte Dame, die so elegant gekleidet war wie Leila, hat mich auf dem Klo nach der Uhrzeit gefragt.«

»Hast du sie ihr gesagt?«

»Ich hab keine Uhr.« Ludéria zeigte ihre nackten Handgelenke und setzte sich.

»Hast du Familie, zu der du gehen kannst?«

»Nein. Ich wandere von Familie zu Familie, bis sie mich rauswerfen. Eine echte Familie macht's auch nicht anders, ich hab genug von Familien. In eine Familie kommst du, und dann gehst du wieder, egal ob es die von deiner Chefin oder von deiner Mutter ist. Ein Sohn, der zu lang am Rockzipfel seiner Mutter hängt, verliert seine Stärke. Er kriegt keine Frau, und am Ende muss er die Alte baden, die ununterbrochen quasselt und ständig irgendwas will. Ich hab gut daran... Júlia! Júlia, schau mal da!«

»Genau wie beim letzten Mal«, flüsterte Júlia.

»Deswegen wolltest du zum Busbahnhof, du altes Miststück.«

Júlia lächelte, als Messias näher kam. Ludéria schwieg und wartete auf den richtigen Zeitpunkt für Fragen.

»Ich war so aufgebracht, dass ich den Kopf verloren habe«, sagte Messias.

»Messias, du kannst mich ruhig auch anschauen«, verlangte Ludéria.

»Du wolltest in meinen Angelegenheiten rumschnüffeln, und in Júlias Leben.«

»Bei den Freimaurern? Was gibt's da rumzuschnüffeln? Da ist doch nichts. Das ist ja so öde und fein, und so bedeutungsschwer. Was soll das alles? Antworte mir. Du hast Júlia rausgeworfen, weil sie mich mitgenommen hat, damit ich so was Nichtiges kennenlerne.«

»Ludéria kann nichts dafür.«

»Júlia, lass sie reden.«

»Wir müssen unsere Feinde um uns haben, damit wir wissen, was sie tun.«

»Feinde! Wir beide! Also Messias!«, rief Ludéria aus.

»Lass gut sein, ich nehm's dir nicht übel. Kommt mit mir

zurück zum Laden. Dann wohnt ihr eben beide in dem Hinterzimmer.«
Júlia sah auf den Boden, schämte sich, ja zu sagen. Ludéria wartete auf Júlias Bestätigung, sie wollte sich nach ihr richten.
»Wollt ihr hier kleben bleiben wie zwei Berge?«
»Gehen wir?«, fragte Júlia Ludéria.
»Besser als der Busbahnhof.«
»Ich hab Arbeit für euch beide, weil ich meinen Laden erweitern will. Ich werde Stoff verkaufen und brauche Frauen, die was vom Einzelhandel verstehen.«
Messias folgte den beiden zur Gepäckaufbewahrung, schleppte alleine die Koffer und fuhr dann los. In dem Zimmer hinter dem Laden teilten die beiden sich nun das Einzelbett. Sie würden Satin, Serge und Baumwollstoff verkaufen, Faden, Nadeln und Wolle.

54

TIMÓTEO VERLIESS ENEIDOS Höhle. Er überquerte den Gipfel der Serra Morena, kam am Gatter zu Nicos Grundstück vorbei, hielt nicht an, sondern ritt weiter den Berg hinab. Langsam und sicher führte er das Pferd, hinter ihm die wuschelige Hündin, treu wie eine alte Freundin. Am Rondell der kleinen Stadt angelangt, hatte er eine Idee ausgebrütet. Er befand sich bereits im Tal, in der ersten großen Straße, Männer pafften schwarzen, bittersüßen Rauch an den Kneipentheken. Sie wandten sich um, wollten sehen, wie Timóteo ankam, alle wussten, er kam von der anderen Seite des Tals.
Er ritt weiter durch die Hauptstraße bis zur Kirche, zog den Hut und bekreuzigte sich. Vor der Musikertribüne stieg er ab. Eine Menschenschlange folgte ihm und wartete auf seine Rede, auf ein Wort, irgendeines.
»Wie ist es dort, mein Junge?«
»Kommst du von der anderen Seite?«
»Warst du wirklich dort, Timóteo?«
»Hast du Eneido gesehen?«
»Regnet es dort?«
»Hat er was zu essen?«
»Hat er ein Haus?«
»Und Land?«
»Sind die Leute dort wie wir?«
»Hast du was mitgebracht, was wir anschauen können?«

»Du bist sogar hübscher geworden!«
Timóteo kam gar nicht zum Antworten. Er hörte auf zu reden und hörte sich Frage für Frage an, um alles auf einmal zu beantworten, in einer einzigen, hinreißenden Rede.
»Er wird schon wie Nico, der einen nur schweigend anschaut.«
»Gibt es dort Tiere? Pferde? Und dieser Hund, ist der von dort?«
»Reden sie wie wir?«
Die Menschen verdichteten ihren Kreis um die Musikertribüne, die vordersten fragten bereits nicht mehr, die neu Dazukommenden wiederholten die ersten Fragen. Der Pfarrer, ein junger, mannhafter Typ, kämpfte sich kraft seiner Autorität durch die Menschenmassen. Auf der Musikertribüne die Hündin, neben Timóteos Beinen. Sie blickte starr nach vorn, auf die Augenpaare, die über ihr Timóteo suchten.
»Junge, wenn du was zu sagen hast, dann sag es jetzt, im Beisein der Kirche.«
Timóteo trat zwei Schritte vor, lehnte sich mit dem Bauch gegen das Mäuerchen, zog den Hut und bedeckte eine seiner Hände damit.
»Ich habe die andere Seite kennengelernt, Leute. Ich komme gerade von dort. Ich habe Eneido gesehen, er lebt in einer Höhle und isst Meerestiere. Dort gibt es ein Meer und Menschen, die gestrandet sind mit einem hübschen Boot, golden wie eine Kirche, es müssen Christenmenschen sein. Einen Pfarrer habe ich nicht entdeckt, auch keinen Großgrundbesitzer. Ich habe ein paar sehr weiße, rothaarige Menschen gesehen, sie wirkten fast gelblich, wie ein reifes Maisfeld, merkwürdige Ährenmenschen. Ich weiß jetzt,

was mit uns passieren wird. Wir werden wieder ohne Licht dastehen und so leben wie früher. Das Wasser des Staudamms wird zurückfließen, damit das Boot und die Maismenschen ihre Reise fortsetzen können.«

»Der Junge ist verrückt geworden, Lucilene, lass uns gehen«, sagte eine Mutter zu ihrer Tochter.

»Du redest doch nur dummes Zeug, willst du etwa auf der Musikertribüne Wurzeln schlagen?«, provozierte ihn ein Händler.

In seiner Höhle zerdrückte Eneido indessen Erdnüsse in einem Steinmörser. Er tauchte die Finger in die ölige Paste und schleckte zwei Fingerglieder auf einmal ab. Die alten Zwillinge schlugen in der Mitte der Höhle, dort, wo sie beheizt wurde, Seife. Eine rührte im Uhrzeigersinn, die andere ruhte sich aus. Dann kam die andere dran, rührte gegen den Uhrzeigersinn, die andere ruhte sich aus. So häuften sich in einem Korb nach Tier riechende Talgkügelchen an.

»Der Junge kommt bestimmt nicht wieder«, sagte Eneido, mit einem Finger im Mund.

»Ich würde mich lieber nicht darauf verlassen«, sagte die eine.

»Lass ihn kommen, danach sehen wir weiter«, sagte die andere.

»Der Hund ist ihm gefolgt, inzwischen dürfte er müde sein«, sagte Eneido.

»Hunde folgen der Gruppe, sind Herdentiere«, sagte die eine.

55

GERALDO LAG SEIT Tagen im Bett. Der Atem schwach, die Füße geschwollen, die Stimme kraftlos. Er spürte ein Gewicht auf den Hüften, ein Gewicht auf der Brust. Das Herz größer als die Füße, noch mehr geschwollen, eine große Arterie für wenig Saft. Die Haut völlig vertrocknet, Risse in den Fußsohlen, an den Ellbogen, im Nacken. Tizica war alt, ihre Haut dünn wie die Blüte der Kranzschlinge, ihr Atem süßsauer.

»Geraldo, wenn du gehst und mich zurücklässt, dann sterb ich nie mehr.«

»Hol mir Wasser, Tizica. Los!«, krächzte Geraldo.

Tizica ging los. Sie ließ nicht zu, dass das Mädchen, eine Pflegerin, in die Küche eilte. Nein, Tizica war es, die Geraldos Anweisung befolgte, weil sie es gerne tat. Sie ging langsam, die durchs Fenster einfallende Sonne wanderte über die Holzdielen, die dünnen Waden durchschnitten das Licht. Das Haus in der Stadt war so groß wie das Gutshaus der Fazenda Rio Claro. Tizica nahm einen Aluminiumbecher und füllte ihn mit Wasser aus dem Tonfilter. Das Radio in der Küche lief vor sich hin, machte Werbung für Magnesiummilch. Sie ging in derselben Geschwindigkeit zurück, die Waden durchschnitten das Licht zwei Grad tiefer als auf dem Hinweg. Sie betrat das Zimmer, und die Krankenschwester schlug mit den Handkanten auf Geraldos Brust ein, seine Arme hingen über den Bettrand. Die

Füße zeigten in entgegengesetzte Richtungen, nach rechts und nach links, jeder in die seine. Der Becher fiel zu Boden, das Wasser sickerte auf dem gewachsten Holz nicht ein, suchte walzenförmig nach einer Rinne, in der es sich verstecken konnte, und gelangte an den Bettpfosten, wo es sich in zwei Ströme teilte. Tizica fiel um. Die Krankenschwester ließ Geraldo los und hob die schwache Tizica auf.
»Heben Sie meinen Becher auf«, befahl Tizica.
»Sie müssen sich hinlegen.«
Die Totenwache für Geraldos Leichnam wurde auf dem Friedhof der neuen Kleinstadt abgehalten. Sein Grab war eines der ersten. Tizica bat darum, es in die Nähe des Eingangstors zu legen, so könnte sie, wenn sie durch die Straße kam, das Kopfende der letzten Ruhestätte ihres Patrons sehen, ohne dafür den Gottesacker betreten zu müssen. Sie ging nicht zu der Beerdigung, auf der Timóteo vor dem Sarg herlief. Tizica schlief tief und fest, ruhig gestellt mit Injektionen aus einer dicken Nadel. Sie schlief und wachte senil auf. Geraldos Begräbnis wurde von den Kirchenglocken eingeläutet. Nico kam, betete und weinte nicht.

56

GERALDO WAR TOT. Geraldina erfuhr es über die Unterhaltungen der Leute. Antônio ging nicht zur Beerdigung, Maria erlaubte es nicht. Sie würde doch nicht wegen einer traurigen Sache alles stehen und liegen lassen, das Haus abschließen und die Kinder in die Stadt bringen, was für ein Unsinn, eine so weite Reise, ohne zu übernachten, wo sollten sie denn schlafen?

Von Geraldos Tod zu wissen wirkte sich nicht auf Geraldina aus. Die physische Distanz zwischen ihr und Geraldo war dieselbe wie zwischen ihr und dem Lampenschirm im Schlafzimmer einer Ägypterin. Eine chemische Verbindung gab es nur mit Nahem, sollte es zu einer Begegnung kommen, würde es keinen Zusammenprall mehr geben, lediglich ein Kribbeln, wahrnehmbar mit einer stärkeren Lupe. Eingerollt zu Antônios Füßen verharrte sie würdevoll und bescheiden.

57

FRANÇOISE, DIE FEINE Französin aus der Klosterschule, bot Tizica ein Zimmer an, wo sie bis an ihr Lebensende bleiben könnte. Tizica blieb und löschte sich allmählich aus. Sie blieb und schlief. Eines Morgens wachte sie nicht mehr auf, und am nächsten Tag wurde sie begraben, fern von Geraldo, hinten an der Mauer, ohne Blumen, ohne Foto. Am selben Tag noch war das Leben auf der Straße und in den Geschäften wieder das gleiche. Es wurde spekuliert, wer wohl Geraldos Vermögen erben würde, das Vermögen eines schlechten Menschen ohne Nachfahren. Timóteo wurde von Schwester Françoise in die Klosterschule bestellt.

»Marie und Cecille haben Antônio Malaquias eine Erbschaft hinterlassen. Ich selbst habe dies damals Geraldo Passos mitgeteilt. Nun wurde mir von einem Juristen aus dem Gericht mitgeteilt, dass er das Erbe nicht an den Begünstigten weitergegeben hat. Ich habe Geraldo nie misstraut, weil er einen Teil seines Vermögens unter meine Verwaltung gestellt hat. Er hatte keine Erben, daher sah ich dies als Vertrauensbeweis an und zweifelte nicht an seiner Ehrbarkeit. Er hat Antônios Erbe nicht angerührt, es ihm aber auch nicht weitergegeben. Tatsache ist, dass wir heute sein Testament eröffnet haben.«

»Bin ich dabei?«, fragte Timóteo gespannt.

»Ja, das bist du, Timóteo. Dir stehen die Einnahmen aus den nächsten Kaffeeernten zu. Du wirst zwanzig Jahre lang das Recht auf die Erntegewinne der Fazenda Rio Claro haben.«

»Er hat mir die Fazenda überlassen!«
Timóteo stand auf und befreite sich aus der Trägheit der bedächtigen, formellen Worte der Nonne. Er wollte eine klare Bestätigung, Auge in Auge.

»Gehört die Fazenda mir, Dona França?«

»Fran-ço-a-se, Timóteo. Nein, du hast nur zwanzig Jahre lang das Nießbrauchrecht für den Ertrag aus dem Ackerbau. Die Fazenda Rio Claro, das Gutshaus, das Vieh, die Möbel und das Verkaufsrecht gehen an Moara dos Santos.«

»An wen?«

»An eine Frau aus dem Prostitutionsgewerbe, die er zu Lebzeiten ausgehalten hat. Dir gehört zwanzig Jahre lang ein Teil des Ertrags.«

Timóteo ging zu Nico.

»Antônio ist reich.«

»Antônio will bestimmt nichts aus der Klosterschule«, sagte Nico.

»Klar will ich was, und sei's auch nur ein Kamm, Maria würde bestimmt die Kommode wollen«, sagte Antônio.

»Ich geh mit dir das Geld abholen, Antônio, es liegt auf der Bank, und es reicht für einiges«, bot Timóteo an.

Antônio konnte Nico nicht überzeugen.

»Ich hol es mir ab, was ist dabei?«

»Sie haben Júlia weggeschickt, in die Ferne«, antwortete Nico.

»Das wird jetzt alles gut, mit diesem Geld reisen wir ihr nach.«

Nicos Gesicht erhellte sich. Timóteo sah darin eine Chance zu Verhandlungen.

»Geraldo war selbst im Tod noch schlecht. Hat alles Moara hinterlassen, einer Schlampe, mit der er sich in deinem alten Haus getroffen hat. Ich darf zwanzig Jahre lang die Ernte haben. Kommen wir bei der Bewirtschaftung ins Geschäft, Nico?«

Maria hörte vom Schlafzimmer aus zu, während Onofre und Anésia auf dem Hof herumtollten. Sie verschluckte sich bei der Erwähnung Moaras, einer Frau aus dem niederen Gewerbe, die jetzt auch noch erbte, was für ein Glück für das Mädchen, was für ein Glück für Antônio.

Timóteo lief zur Fazenda, sprach mit dem Gesinde, stellte eine neue Frau für Tizica ein. Er würde mit Nico die Kaffeeplantage bewirtschaften. Timóteo würde sechzig Prozent des Ertrags erhalten. Fünfzig von der Ernte, zehn für die Pacht. Für Nico war es die Chance, sich zu vergrößern, reichlich Arbeit zu haben, auf einem großen Grundstück ohne Patron zu leben, ohne Geraldo.

Moara wurde von Timóteo und einem Rechtsanwalt, einem älteren Herrn und Freund der Familie Passos, informiert. Ihr Gesichtsausdruck veränderte sich nicht, als sie von dem geerbten Land erfuhr.

»Ich werde nicht mit diesen Leuten zusammenleben und meinen Ertrag mit ihnen teilen.«

»Mein Ertrag gilt nur für zwanzig Jahre, Sie werden das alles Ihr Leben lang haben«, unterbrach Timóteo sie.

»Scher dich zum Teufel, Bauerntrottel!«

»Beruhigen Sie sich«, bat der Anwalt.

Als er Moara ihre Rechte darlegte, wurde sie etwas geduldiger. Sie verstand die Aufteilung nicht, sollte man Timóteo doch was anderes vermachen. Die beiden hatten das Zusammenleben geerbt. Sie erklärte, dass sie ins Gutshaus ziehen würde, ehe die Bauern dort ihre Familien reinsetzten. Ihre Mädchen würde sie mitnehmen, schließlich sei sie inzwischen eine bekannte und geachtete Puffmutter und erziele das größte Vermögen in der ganzen Gegend. Sie würde im Gutshaus ein Bordell eröffnen, das Bordell Moarão. So würden sich dort wenigstens keine Katholiken rumtreiben, zumindest am Tage. Das Gewerbe würde den Unterhalt des Gutshofs sichern. Und außer dem Kaffee würde nichts, aber auch gar nichts von dort wegkommen. Kein einziges Korn, und auch keinen Tag länger als die vereinbarte Nutzungszeit.

»Ein verdammtes Erbe.«

58

NICO WOLLTE GERADE zur Fazenda aufbrechen, Maria kochte Maisbrei auf dem Herd, Antônio suchte einen Hut und konnte sich nicht entscheiden zwischen den beiden, die er an die Wand gehängt hatte. Die nächste Ernte stand bevor, Nico war in Hochstimmung wie lange nicht mehr.

»Er ist nur deshalb so begeistert, weil er den ganzen Tag mit diesen Mädchen zusammen ist«, knurrte Maria.

»Wir betreten doch nicht mal das Gutshaus«, regte Nico sich auf.

»Timóteo geht da rein, aber der ist Junggeselle wie ich«, sagte Antônio grinsend.

»Gehst du da auch rein?«, fragte Maria.

»Nico lässt mich nicht, er findet es schon schlimm, wenn ich nur mal einen Blick auf das Gelände der Mädels werfe.«

Das Wissen, dass tagsüber Frauen auf dem Gelände lachten und scherzten, sich in kurzen Röcken sonnten, machte Antônio ganz heiß. Manche benutzten selbst unter dem Avocadobaum noch einen spitzenbesetzten Sonnenschirm. Er fand das schön, ließ sich in der Nähe des Obstgartens nieder und lauschte den weiblichen Klängen, den Geräuschen aus dem Haus, der fröhlichen Stimmung. Nie sah er dort andere Männer als die Landarbeiter verkehren. Männer im Haus nur am Abend. Nico wies Antônio Aufgaben zu, gab es aber irgendwann auf und ließ dem Bruder seinen

Spaß mit den Schönheiten, die Nico nicht mehr bedeuteten als irgendein Mandarinenbaum. Er wusste, dass der Baum gut war, aber er existierte, weil er existieren musste. Timóteo aß im Gutshaus zu Mittag, die anderen bekamen das Gleiche, nur auf dem Feld. Die Frau, die Tizicas Stelle eingenommen hatte, brachte die in Tücher gewickelten Teller mit dem Essen.

»Es wird Zeit, Antônio, mach schon«, rief Nico.

Antônio hatte noch nicht entschieden, welchen Hut er aufsetzen würde. Da hörten sie draußen jemand in die Hände klatschen.

»Maria, da ist jemand am Tor, geh nachsehen! Wir gehen unten raus, dann sind wir schneller.«

Antônio und Nico verschwanden durch die Küchentür. Maria, die sich im Wohnzimmer befand, traf auf der Schwelle Eneido an. Abgetragene Kleidung, langes Haar, seit Jahren nicht rasiert, die Augen glänzend. Maria brüllte nach Nico, der kehrte zurück.

»Eneido?«

Antônio kam hinterher, hielt respektvoll inne, als handele es sich um den Besuch eines Pfarrers oder einer Amtsperson.

»Mach ihm einen Kaffee, Maria«, bat Nico.

»Ich wollte nur was ausrichten, komme von der anderen Seite des Tals, dort wohne ich.«

Nico kannte die Geschichten, die Timóteo auf der Musikertribüne erzählt hatte. Er hatte sich nicht dazu geäußert, Maria und Antônio sahen darin keine Verrücktheit, sondern hielten sie für Spinnereien eines überspannten Jungen. Timóteo war charmant und ehrgeizig, das eine bedingte das andere.

»Die Leute haben es nicht geglaubt, und ich auch nicht«, sagte Nico.

»Geraldo ist gestorben, Eneido. Nico, Antônio und Timóteo kümmern sich jetzt um die Kaffeeplantage«, sagte Maria.

»Das ist Antônios und Nicos gutes Recht, solange Júlia nicht hier ist. Ich hab es vor einiger Zeit schon Timóteo erzählt, noch vor Geraldos Tod.«

»Du übernachtest hier, Eneido, wir gehen jetzt zur Fazenda, und wenn wir wiederkommen, reden wir.« Antônio sprach schnell, setzte den Hut auf und wollte gehen.

»Warum wohnt ihr nicht auf der Fazenda?«

»Die Fazenda gehört nicht uns, da wohnt jetzt eine Freundin von Seu Geraldo, sie hat sie geerbt.«

»Júlia ist die Erbin von Rio Claro.«

Maria lachte, Nico und Antônio wurden ungeduldig.

»Wenn wir wiederkommen, reden wir, Eneido«, verabschiedete sich Nico.

»Geraldo ist Júlias Vater, mein Junge. Deine Mutter war seine heimliche Geliebte, ich habe auf Geraldos Geheiß sogar geholfen, es geheim zu halten. Sei nicht so naiv, Malaquias!«

Geraldina erhitzte sich, Antônio schwitzte, Maria setzte sich, Nico ebenfalls. Eneido erzählte alles, was er aus der Zeit, in der er auf der Fazenda gearbeitet hatte, über die Beziehung zwischen Donana Malaquias und Geraldo Passos wusste. Von Donanas Gewissheit, dass die jüngste Tochter von Geraldo stammte, von ihrem Geständnis an dem Tag, als sie Eneidos Tochter den Rücken segnete. Er selbst hätte auch versucht, sich an sie heranzumachen, in der Hoffnung, wie Geraldo in ihr eine Frau zu finden. Eine

Frau mit ernstem Gesicht und freiem Körper. Eneido erzählte von der Abfuhr, die Donana ihm erteilte, obwohl er von ihrer Affäre mit dem Patron wusste. Nicht einmal Eneidos Drohungen hätten sie umstimmen können, sie behauptete, das sei der reine Trieb gewesen, ohne Verstand, nie wieder würde sie einen anderen haben als Adolfo. Nicht mal die Hunde seien ihm treuer ergeben als sie.

»Geraldo, der Vater von Júlia«, stellte Maria fest.

»Geraldo, der Vater von Júlia«, bestätigte Eneido.

»Warum hat er dann alles den Nutten hinterlassen? Denkt er denn gar nicht an seine Tochter?«

»Er ist gestorben, ohne es zu wissen, das garantier ich dir, Maria.«

»Wenn ich sein Sohn wäre, würde Geraldo sich für mich schämen, so klein wie ich bin«, sagte Antônio.

»Ich muss los.«

»Du machst uns unglücklich und gehst dann wieder«, sagte Nico.

»Ich hab noch nicht mal meine Nachricht überbracht.«

Eneido sagte, er sei nur ihretwegen von der anderen Seite des Tals gekommen. Um ihnen zu sagen, dass die Leute von dem Schiff sich bereit machten, wieder in See zu stechen, denn das Wasser aus dem Staudamm würde an seinen angestammten Platz zurückkehren und das Schiff wieder flott werden.

Maria und Antônio kapierten nicht sofort. Nico schlug vor, auf das Schiff umzuziehen und mit ihm auf Reisen zu gehen.

»Nico, als du verschwunden warst, bist du da dort gewesen?«, fragte Maria. Eneido grinste.

»Wenn er dort gewesen wäre, hätte ich ihn gesehen, ich bin der Wächter der Schwelle.«

59

JÚLIA UND LUDÉRIA dankten dem Tag, an dem sie gemeinsam die Freimaurerloge betreten hatten. Seitdem war ihr Leben anders geworden. Ludéria hatte noch nie einen Arbeitgeber gehabt, der gleichzeitig Freund war, der dieselbe Sprache sprach, dasselbe Essen mochte. Júlia war wie berauscht, zeigte den ganzen Tag ihre Zähne. Messias gefielen die beiden an der Verkaufstheke. Ihr Leben bestand aus Gottesdienst und Laden. Die Kundschaft kam wieder, Júlia gab Tipps für Kleider, Ludéria für Umschläge an Leinenhosen und Abnäher an langen Kleidern. Júlia mochte keine Knöpfe, schon das Wort nicht, und erst recht nicht, sie in die Hand zu nehmen.
»Sei nicht dumm, Júlia, das ist nur ein Knopf.«
»Sprich das Wort nicht aus.«
»Wie willst du sie verkaufen, wenn du das Wort nicht aussprechen kannst?«
»Du verkaufst sie, und ich übernehm die Nadeln.«
Ludéria zeigte sich aus Dankbarkeit verständnisvoll, schließlich hatte sie sich mit einem Schlag von Leila und dem Spülbecken befreit.
»Hier sehe ich jedes Mal einen anderen Stoff, wenn Messias mit neuer Ware aus der Fabrik kommt, dort sah die Wäscheleine immer gleich aus.«
Ludéria wusste, wie man näht, hatte aber kein Händchen dafür. Sie zeigte Júlia, wie man ausbesserte, dann, wie man

mit den Augen Schnitte kopierte. Mit ihrem Gehalt konnte sie Stoffe, die schlechter gingen, billiger erwerben. Ludéria besaß eine Zeitschrift mit Filmschauspielerinnen, ein einziges Exemplar nur, das sie bei Leila aus dem Müll gefischt hatte. Schauspielerinnen mit smaragdgrünen Augen, schmaler Taille, in schwarzem Satin. Júlia kopierte ein Abendkleid in einfachem Baumwollstoff. Sie trug es selbst an der Verkaufstheke. Anfangs dachten die Leute, es sei zu brav, an einem heißen Tag ein langes Kleid zu tragen. Sie antwortete, bei Baumwolle sei das kein Problem, außerdem sei es angenehm, den Körper bedeckt zu haben und nicht von den Blicken der Männer belästigt zu werden. Die ersten Bestellungen gingen ein, den Betschwestern aus der Kirche gefiel die Züchtigkeit, trotz des taillierten Schnitts. Júlia entwarf Modelle für die Messe. Sechsuhrmesse, Neunuhrmesse, Zehnuhrmesse, Mittwochsmesse, Sonntagsmesse. Für jede Uhrzeit einen Farbton, ein Muster. Messias war begeistert und vergrößerte den Laden, schuf einen eigenen Raum für den Kurzwarenladen.
»Das wird langsam was Seriöses, da können wir doch nicht Spitzenstoffe neben Sardinenbüchsen verkaufen.«
Er installierte Umkleidekabinen und einen Kleiderständer mit Modellen, die bestellt werden konnten. Wohlstand. Leila erfuhr durch Zufall von dem Kurzwarenladen. Sie kam höchstpersönlich in ihrem Auto mit Chauffeur vorbeigefahren, im Fond sitzend sah sie die beiden bedienen. Sie wollte es sehen, aus gleichgültiger Neugier.
Die einzige Schneiderin im Viertel machte Karriere. Über einen Aushang an der Kirchenmauer und in Messias' Laden erhielt sie Aufträge aus anderen Stadtteilen. Sie bediente bereits nicht mehr, Ludéria brauchte ein anderes

Mädchen zur Unterstützung. Júlia bezog ein kleines Wirtschaftszimmer des Lebensmittelladens, stellte eine Nähmaschine hinein, ein Regal für die Stoffe, Pappschachteln mit Knöpfen drin, auf die sie »Bewohner« schrieb.
»Bewohner«, las Ludéria.
»Diese runden Dinger sind doch dazu da, dass man in ein Haus reinkommt, oder? Bewohner also.«
Bewohner aus Perlmutt, durchsichtige Bewohner, Schürzenbewohner, Schuluniformbewohner, rote, weiße, schwarze, bunte und gemusterte.
»Júlia, ich geb eine Anzeige in der Zeitung auf, schaffst du das?«
»Ja, das schaff ich. Ludéria hilft mir beim Zuschneiden.«
Messias gab eine Anzeige in einer Zeitung mit hoher Auflage auf: »Júlia Malaquias, die Schneiderin der Stadt. Nur mit Termin.« Ludéria verbrachte Stunden am Telefon, gab die Adresse durch und machte Termine. Es kamen Frauen von überall her. Anfangs wunderten sie sich über den Lebensmittelladen nebenan, auch wenn es ein besserer war. Die Terminabsprache verlieh dem Wort »Schneiderin« nämlich eine gewisse Würde, einen luxuriösen Anstrich. Doch alles stimmte wieder, wenn die Kundinnen die Kleider im Empfang nahmen. Júlia wurde dicker und ruhiger, die Nähmaschine ratterte über den weichen Baumwollstoff, über den Satin, die Seide, surrte beim Hin- und Hernähen.
»Ich heiße Dinorá und habe einen Termin bei Júlia Malaquias.«
Ludéria brachte Dinorá in das kleine Schneideratelier. Júlia wurde schwindlig, als sie Dinorá, die Kollegin vom Busbahnhof und der Toilette, erblickte.

»Dacht ich mir's doch, dass du das bist, ich wollte mir einen Rock nähen lassen, die Kirche verlangt es.«
Júlia zweifelte an Dinorás gehorsamem Glauben, daran, dass sie einen Rock trug, weil der Pfarrer es verlangte. Dinorás Blick war forschend, vielleicht suchte sie das Baby, das sie selbst bei der Polizei abgegeben hatte. Sie dachte daran, wie sie Dinorá mit der Baby-Diebin hatte sprechen sehen. Sie wusste nicht viel über Dinorá, nur dass Dinorá sie von einem Tag auf den anderen hatte fallenlassen, ohne jeglichen Anlass. Einfach so. Und jetzt stand sie vor ihr und wollte einen Rock.
»Eine gute Anstellung, ich wusste gar nicht, dass du nähen kannst.«
Ludéria blieb im Zimmer, verwundert über die Vertrautheit.
»Das wusste ich auch nicht, wie geht's den Kindern?«
»Sie machen Gelegenheitsarbeiten, haben nichts Festes. Der Jüngere hat die Anzeige gelesen.«
Nach dem Maßnehmen ging Dinorá wieder, Júlias Schläfen pochten, die Augen drückten.
»Die hat mir gar nicht gefallen, Júlia, die ist ungut«, sagte Ludéria.
Sie war bereit für die Sechsuhrmesse, neue Schuhe, Ungeduld. Sie drängte Júlia, sich fertig zu machen, Puder aufzulegen, ein schönes Kleid anzuziehen, das sei Werbung für die Schneiderin. Júlia sah tadellos aus, als die beiden das Haus über den seitlichen Flur verließen, Messias rauchte am Ladeneingang.
»Dieses Haus ist ein Taubenschlag geworden, wir müssen uns überlegen, wie wir die Leute besser bedienen, vielleicht sollte man ihnen einen Tee servieren.«

Messias sah, dass die Schneiderei schneller wuchs als das Lebensmittelgeschäft. Er dachte daran, teurere und edlere Artikel zu verkaufen, zumal Júlias Kundschaft sich vielleicht auch für Parfüms interessierte, passend zu den maßgeschneiderten Kleidern.

»Wir sind gleich wieder da«, sagte Ludéria und nahm Júlia am Arm.

Ein großer Tropfen landete auf ihrem Gesicht, ein anderer lief ihr den Rücken hinab, ein weiterer die Wade, nässte die Strümpfe. Regen, Gewitter.

»Los, wenn wir rennen, schaffen wir es noch.«

Júlia löste sich aus Ludérias Arm und rannte. Sie lief in ihr Zimmer, entkleidete sich, zog das Nachthemd an. Ludéria ging zum Gottesdienst. Auf dem Hinweg wurde sie nicht besonders nass, doch als sie nach Hause kam, klebte die Kleidung schwer und dunkel an ihrem Körper. Im Zimmer trommelte das Wasser aus einem Leck im Dach in eine Milchpulverdose. Júlia lag eingerollt unter der Bettdecke, schwitzend, das Gesicht blutleer.

»Du glühst ja.«

Ludéria zog die Decke weg und sah den dunkelroten Fleck auf dem Nachthemd, auf Höhe des Bauches.

60

ENEIDO LIESS DIE drei in völliger Trübnis zurück, in einer Trostlosigkeit, die Stunden, Tage andauerte. Nico ging allein zur Fazenda, Maria blieb ungerührt, seine Apathie war ihre Sicherheit, in einer solchen Verfassung dachte wenigstens keiner an andere Frauen. Seine Mutter, Donana, Geliebte von Geraldo, Júlia nur Halbschwester.
»Mutter hat sich in ihn verliebt.«
»Sie wurde bestimmt gezwungen.«
»Mutter war so stark, hat sich von Geraldo getrennt…«
»Júlia gehört die Fazenda und sie weiß es nicht, sie hatte einen Vater und kam ins Waisenhaus.«
»Júlia muss zurückkommen und ihr Leben in die Hand nehmen.«
Die Untreue der Mutter, Donanas Liebschaft schmälerte die Euphorie, die Júlias Glück hätte auslösen können. Im Grunde war es besser, wenn Júlia in der Ferne blieb, sonst entdeckten sie an ihr womöglich noch Züge von Geraldo statt von Adolfo. Antônio fühlte eine stärkere Beklemmung als Nico, der dem Patron eine gewisse Achtung entgegenbrachte, da er von ihm aufgezogen worden war. Er litt, weil die Nachricht zu spät kam.
Antônio setzte sich unter den Avocadobaum, in seinen Schatten von weitem Radius. Er streckte die kurzen Beine aus und lehnte sich an den pulsierenden Stamm des Obstbaums, Geraldina dehnte sich im Schatten aus. Geraldo

ging Antônio nicht aus dem Kopf, an sein Gesicht erinnerte er sich besser als an das der Mutter. Tizica hätte sich um Júlia gekümmert, Geraldo hätte sie nicht angerührt, ein Mädchen wird beschützt, Männer haben Mitleid mit Mädchen.
Hitze ohne Wind unterm Avocadobaum, die Blätter reglos, glitzernde Spinnweben. Geraldina erzitterte am ganzen Körper, nur sie, Antônio spürte nichts, Geraldina klebte gerade nicht an ihm. Eine reife Avocado fiel zwischen die vielen anderen, grüner, öliger Matsch. Antônio hörte ein Pfeifen, nichts, was er einordnen, dem er einen Sinn geben konnte. Ein Pfeifen wie von einem fernen Radiosender, dessen Schwingungen sich stabilisierten, auf mittlerer und niederer Frequenz stehenblieben, ein paar Sekunden auf der einen, ein paar auf der anderen. Es waren die Ultraschallwellen, die das Schiff von der anderen Seite des Tals aussandte, vergleichsweise schwach für ein Schiff von dieser Größe.

61

TROTZ DER LÄNDLICHEN Trägheit um ihn herum fand Nico zu Klarheit zurück wie das Wasser, das nach dem Fall zur Ruhe kommt. Die Kinder liefen bereits, kamen fast schon ins Schulalter, konnten also reisen. Antônio, er, Maria und die Kinder konnten Júlia suchen.

»Wozu, Nico?«

Maria sah nicht ein, warum sie wegen eines einzigen Menschen alle losstürmen, das Haus dichtmachen und durch die Welt ziehen sollten.

»Wir kennen so was doch nicht, vielleicht verlieren wir uns gegenseitig, und dann wird alles noch schwieriger.«

Maria nähte gerade eine Flickendecke aus bunten, gestreiften Rauten, den Überresten der Kleider, die sie ebenfalls selbst herstellte. Es war eine Decke für die Kinder. Antônio, der gerade eine Maismehlsuppe aß, hörte das Gespräch mit und brüllte aus der Küche.

»Dann gehen eben wir beide, Nico.«

Nico rechnete, multiplizierte, addierte, subtrahierte.

»Ich lass Maria nicht allein, wir gehen alle. Oder du bleibst bei ihr und ich gehe.«

Maria machte zwei Stiche und vollendete ihr Mosaik. Antônio wusch den Topf aus. Sie schliefen schnell ein, die Müdigkeit des zurückliegenden Tages und die des kommenden. Der Morgen war feucht, Anésias dicke, lockige Haare waren zu zwei Rattenschwänzchen zusammengefasst, versengtes Blond. Anésia war Nico wie aus dem Gesicht geschnitten, Onofre Maria. Antônio brühte Kaffee, Nico wartete. Maria und Onofre waren noch im Bett, Anésia schleppte einen Pantoffel und ein Kopfkissen an.

Nico öffnete ein Fenster, eines reichte zum Lüften, damit die Kälte des nächtlichen Taus nicht hereinkam.

»Das Wasser ist eingetrocknet«, sagte Nico und beugte sich hinaus.

»Trotz des feuchten Geruchs? Es hat doch in den letzten Tagen geregnet.«

»Antônio, das Wasser ist weg!«

Antônio ließ den Kaffeefilter stehen und stieg auf die Bank am Fenster. Sie standen mit dem Rücken zu Anésia, die lachte über das, was wie ein Witz klang, die beiden völlig starr, den Blick nach vorn gerichtet.

»Die Stromfirma hat das ganze Wasser aufgebraucht.«

»Antônio, da unten ist nichts, wo ist unser Wasser hin?«

»Bestimmt behandeln es die Stromleute gerade und bringen es gleich wieder zurück.«

»Beim Einschlafen war das Wasser noch da, und jetzt, nach dem Aufwachen, ist alles wie früher.«

Geraldina reagierte nicht, und Maria blickte auf die Trockenheit, als würde sie aufs Maisfeld blicken.

»Ah! Es ist tatsächlich weg.«

Nico war stumm, Antônio überlegte.

»Unser Wasser kommt vom Wasserfall, uns kann es egal sein.«

Im Schlamm lagen Fische, manche im Todeskampf. Sie glänzten, die Schuppen im direkten Sonnenlicht, hunderte von Glitzerplättchen auf dem Boden. Das kleine Haus

oben auf der Serra Morena, nahe der Felsen, erfuhr keine Veränderung, erlitt keinen Schaden durch die neue Situation. Ein Geräusch an der Pforte, das Trappeln von Hufen, Timóteo.
»Nico, lass uns Eneido suchen, er weiß bestimmt, wo das Wasser abgeblieben ist.«
»Ich kann nicht, ich muss Júlia suchen.«
»Erst musst du sehen, was aus uns wird«, sagte Timóteo.
Nico folgte Timóteo auf die andere Seite des Tals. Die Pferde waren ängstlich, vor ihnen die wuschelige Hündin, schwanzwedelnd. Die Höhle unverändert, Eneido unverändert. Er saß auf dem Boden und starrte vor sich hin.
»Wohnst du hier, seit es dort drüben Strom gibt?«
»Ja.«
Timóteo stand am Rand der Höhle, am Abgrund. Eneido bemerkte, dass Nico die Höhlendecke begutachtete, die Kürbisschalen in der Küche, den Pott mit den getrockneten Seepferdchen.
»Was sind das für Tierchen?«
»Seepferdchen, getrocknet werden sie kleiner.«
»Schrumpfen sie?«
»Ja, sie können schrumpfen. Geh mal zu Timóteo.«
Nico trat zu Timóteo, der sich umwandte und ihn mit dem Finger bat, still zu sein. Nico ging weiter bis an den Rand des Abgrunds. Alles war mit Meer bedeckt, in der Ferne das ankernde Schiff, kleine Wellen schlugen gegen die Felsen unterhalb der Höhle.
»Ist das das Meer?«
Eneido nickte und warf getrocknete Seepferdchen in einen Manioksud. Er gab ihn der Hündin.

»Ja, das ist das Meer, es macht Geräusche, wegen des Winds, der darunter durchströmt. Im Fluss gibt es die Strömung, im Meer eine Art Zeitzählung, jede Welle eine Minute.«

Nico bückte sich.

»Kam das Wasser aus dem Staudamm, Eneido?«

»Es kam nicht von dort, es ist zurückgeflossen. Dort hat es nie hingehört.«

»Und das da vorn?«

»Das Schiff? Sie sind fast abfahrbereit, sie wollen hinaus aufs offene Meer.«

»Das Meer öffnet sich?«

»Für den, der an Bord ist, ja.«

In der Serra Morena hatten Maria und Antônio gerade Huhn mit Okraschoten gekocht, das schleimige Gemüse schmiert die Gelenke, die Zunge. Unter ihnen die Fische, die nicht mehr mit dem Glanz spielten. Die Sonne senkte sich langsam auf die Gebirgsspitze herab, man brauchte sie nur zu greifen und hinter ihr hinabrutschen, wie die Zähne auf der Okraschote.

»Die kommen bald wieder, sie überlassen doch die Fazenda nicht den Mädels.«

»Jetzt sind sie erst mal hinter diesem Eneido her, das war doch noch nie ordentlich, dass der wie ein Tier in diesen Wäldern gehaust hat.«

Sie brachten Anésia und Onofre in ihre Bettchen. Anschließend gingen sie in die Küche, legten Eisendeckel über die Herdplatten.

»Ich mache die Öllampe an«, sagte Maria.

Als sie ihre Arme ausstreckte, um an die Fensterläden zu kommen, sah sie die kleine Stadt im Dunkeln daliegen.

Ohne das Wasser hatte die Stadt kein Licht. Maria zündete die Öllampe nicht mehr an.
»Wir gehen jetzt schlafen, morgen sehen wir weiter.«

62

JÚLIA ERLITT EINE Blutung, und als Messias sie ins Krankenhaus brachte, wurde ihr mitgeteilt, dass sie schwanger sei. Das Kind war von Messias, er erfuhr es über die Krankenschwester. Ludéria verbarg ihre Verblüffung nicht, sagte aber im Beisein ihres Arbeitgebers kein Wort. Júlia schlief den Schlaf der Pyramidenbauer und wachte auf, als Messias ihre Hand streichelte.
»Wo ist Ludéria?«
»Sie ist im Laden geblieben... es gibt Kundschaft...«
Júlia drückte seine Hand. Messias umarmte die werdende Mutter, die Frau im Haus, die fürs eigene Heim arbeitete. Der einmalige Fehler war verziehen, sie hatte die Neugier der Freundin befriedigt, wie sie im Zweifelsfall auch deren Hunger befriedigen würde. Sie war Ludérias und nicht seine Verbündete und Vertraute. Mit ihm würde es noch ein paar Monate dauern, bis Vertrauen aufkäme. Die Blutung hatte dem dreimonatigen Kind nicht geschadet, ein Grund für den Blutsturz wurde nicht gefunden, man riet ihnen jedoch zur Vorsicht, es könnte eine Abwehrreaktion des heranwachsenden Fötus sein.
Der Bauch wurde dicker, dehnte die Wollstoffe. Ludéria übernahm den Großteil der Aufträge, die Kundschaft merkte keinen Unterschied. Die Schnitte stammten immer noch von Júlia, aus den Zeitschriften. Messias stellte eine weitere Verkäuferin ein, sie übernahm statt Ludéria die

Kurzwaren. Júlia kopierte nun Schnitte mit weiterer Taille, für Schwangere. Messias gab im Laden Júlia Malaquias' neue Spezialisierung bekannt, Jäckchen für Jungs, Jäckchen für Mädchen, Hütchen mit Bändel, glatte Mützen, Decken. Vormittags setzte sie sich auf dem Platz vor der Kirche in die Sonne, ging in die Achtuhrmesse, um die Kommunion zu empfangen, um zu beichten. Der Pfarrer sagte, ihre Umstände machten sie zur Heiligen, sie sei nicht mehr einfach nur Fleisch und Blut, sondern eine Betstätte.

Die Kunden brachten Geschenke, Schnuller, Windeln, Babykleidung, eine Badewanne. Messias baute den hinteren Teil aus, aus dem kleinen Zimmer wurde ein zweistöckiger Anbau, später wollte er eine weitere Treppe hinzufügen, dann wäre es ein kleines, dreistöckiges Gebäude. Sie würden weitere Kinder bekommen, wenn der Herr im Himmel es zuließe. Ludéria erfreute sich an der ruhigen, gefestigten Beziehung der beiden. Die Sicherheit, die Messias Júlia gab, das absolut diskrete Liebesleben vermittelte Ludéria ein erwachseneres Bild von Júlia, das eines reifen Weibchens, das bereit war, seine süßen Früchte ernten zu lassen.

Sie wollten standesamtlich heiraten, niemand machte eine Bemerkung zum Grund der Eheschließung. Der Termin im Standesamt stand fest, der Bauch dehnte die Abnäher. Das Gewicht machte Júlia zur Ente, sie wirkte würdevoll, weil sie auf so natürliche Weise auf die Geburt wartete, ohne Angst vor dem erschreckenden Geburtsschrei. Das verlieh Messias' Laden eine Ernsthaftigkeit, und es kamen mit jedem Tag mehr Kunden. Feine Damen und Herren, denn Júlia, Frau Messias, würde bald feierlich in der Freimaurerloge heiraten. Und wäre das Kind geboren, würde es außerdem im römisch-katholischen Taufbecken gesegnet werden, so Júlias Bedingung.

63

DIE STADT WAR ohne Licht und Geraldina seit dem Schiffssignal von noch zarterer, dünnerer und spärlicherer Materie. Antônios Waden nahmen sie wie die kitzelnde Berührung eines Weberknechts wahr, er klatschte darauf, und die Atome ihrer Verbindung erhitzten sich.
Um Geraldos Leichnam, dessen Fleisch sich im Sarg bereits auflöste, kämpften Bakterienstämme. Unter der Erde erfolgte die Ernährung auf Kosten der Gebeine, die lieber in einer anderen Dunkelkammer wohnen würden, wenn sie könnten, wo weniger los wäre. Die hungrigen Stämme entsprangen dem Leichnam selbst. Von innen nach außen, das Ende für Geraldo. Da sie von den Gliedern in Richtung Zentrum voranschritten, nahm er den Verwesungsgeruch nicht wahr, hörte jedoch die leisen Geräusche. Hin und wieder wurde ihm bewusst, dass seine Existenz gerade von dem porösen Holz und der Erde selbst verschlungen wurde. Bis Geraldo schließlich gänzlich aufgelöst war und zu Humus wurde. Dieser sank nach und nach tiefer, Geraldos ganze Materie senkte sich, bis sie die oberste Schicht des Grundwassers erreichte.
Im unterirdischen Wasser gerann Geraldo, es war das letzte Stadium der Verwesung, das seine Substanz durchlief. Bestehend aus gesetzmäßigen Ionenverbindungen, heftete er sich an die Salze des Wassers, das unter der Stadt hindurchfloss. In einem uralten Bett, ohne mensch-

liche Füße oder die Wurzeln von Bambusfeldern zu nässen. Das Grundwasser schwoll an, nahm weitere, schwächere Quellen auf, nährte die Rosensträucher der Damen, ließ die Gärten der Kleinstadt hinter sich und erreichte Nicos Grundstück. Dort floss es nur vorbei und füllte im Vorbeifließen den zum Haus gehörigen Brunnen. Wo Antônio gerade, wie so oft, mit dem Eimer Wasser schöpfte. Da Geraldo noch keine Beziehung zu den Enzymen und auch noch keine feste Verbindung mit dem Wasser eingegangen war, wurde er nicht verdünnt. Unlöslich schwamm er in dem Wasser felsigen Ursprungs, war also nicht das Brunnenwasser, sondern nur darin enthalten. Antônio fing ihn mit dem Eimer ein, ohne dies zu merken.

Er kippte das Wasser in den oberen Behälter des Lehmfilters, Geraldo hatte nicht den Durchmesser der Schwebstoffe und gelangte so ins Trinkwasser. Stunden später landete er in einem Wasserglas, Antônio trank Geraldo.

Einige Zeit später trat an Antônios Nacken Schweiß aus, dort, wo Geraldina es sich zwischen zwei Hautfalten bequem gemacht hatte, wie ein Milbenstamm im Kopfkissen. Geraldo hatte sich in Antônios Körper erhitzt und wurde eliminiert, im zehnten Schweißtropfen steckte Geraldinas Sohn. Antônios Hand, die den kitzelnden Schweiß vom Nacken wischte, zerriss die Haut der Schweißperle. Und Geraldina und Geraldo kamen zusammen, Wasser mischte sich mit Wasser, sie teilten dieselbe Leitflüssigkeit. So waren die beiden auf Antônios Fingerspitze vereint im leitenden Schweiß. Angewidert sandte er die beiden in die Ferne, frei in der Luft tanzten Mutter und Sohn.

Die Landung erfolgte auf dem Boden. Maria Malaquias

kam gerade aus dem Garten, sie hatte die trockene Wäsche abgenommen. Antônio legte sich aufs Sofa, er war schläfrig geworden.

64

NICO WAR ERSCHÖPFT, fast gealtert, als käme er aus dem letzten Krieg zurück. Er träumte von seinen Eltern, sie fuhren in einem Ochsenkarren die Weizenernte durch die Straße und winkten ihm zu, er winkte zurück und wachte entschlossen auf.

»Maria, richte die Kinder her, wir gehen fort.«

»Wohin?«

»Zum Schiff, Eneido kennt die Mannschaft, er wird den Kapitän bitten, auf uns zu warten.«

Maria seifte weiter ihr Hemd auf dem Waschtrog ein, Nico neben ihr.

»Die Reise ist ungefährlich, das hat Eneido mir versichert.«

»Geh du, Nico, ich bring meine Kinder nicht an einen Ort, der sich fortbewegt.«

Antônio kam hinzu.

»Das ist doch nur Gerede, und was ist mit der Fazenda? Willst du alles Timóteo überlassen?«

»Timóteo fährt auch mit.«

»Sogar Timóteo?« Maria hörte auf einzuseifen.

»Was gibt es dort?«, wollte Antônio wissen.

»Das Schiff hat einen goldenen Rand und ist größer als diese Stadt dort unten, es stammt aus einer anderen Welt, ist etwas, das uns erfreut. Wann habe ich je dein Vertrauen enttäuscht, Maria?«

»Ich bin nun mal dickköpfig.«

Nico umarmte Maria.

»Und Júlia?«

»Júlia werden wir am Hafen treffen, Antônio.«

Es zählte nicht, was er sagte, sondern die Festigkeit der Stimme, des Wortes. Was immer Nico sagen würde, seine Autorität lag in der Beharrlichkeit seines Tuns, in seiner Zuverlässigkeit. Antônio und Maria fanden in ihm ihr Steuerrad. Ein Steuerrad wird nicht von zwei Leuten bedient, für Maria und Antônio musste Nico die Richtung bestimmen.

Maria packte Bettzeug und Küchensachen in Kisten, die Kleider in eine Truhe. Anésia und Onofre trugen Lederschuhe mit weißen Striemen vom vielen Tragen, die würden sie anziehen, das Leder war weich zum Laufen. Antônio wollte eine Schachtel mit zwei Hüten mitnehmen, einen für die Fahrt, den anderen für die Ankunft im Hafen. Nico packte einen Proviantsack mit einer Maismehlmahlzeit, dem in Fett eingelegten Fleisch und Guavengelee für Eneido.

Timóteo würden sie in der Höhle treffen. Und was den genauen Ablauf betraf, so versprach Nico, dass sie ankommen und gleich ins Boot steigen würden, Eneido hätte alles am Vortag geregelt. Ein Matrose würde sie mit einem vor der Höhle ankernden Boot erwarten. Zum Boot führte ein Weg. Denn so etwas kommt öfter vor, ein paar Leute kommen immer nach, und immer gibt es einen Matrosen, der Alten und Kindern ins Boot hilft, hatte Eneido erklärt.

Langsam wanderten sie den Bergrücken der Serra Morena entlang, sie waren früh aufgebrochen, um zwölf Uhr mittags wären sie in der Höhle, falls die Kinder unterwegs streikten. Falls nicht, weitaus früher.

65

GERALDINA UND GERALDO reisten in Antônios Hut mit, dichter an der Sonne als an seinem Haar. Die Kinder, die abwechselnd getragen wurden und selbst laufen mussten, wurden müde. Für Maria und Antônio war alles neu. Eneido erwartete sie am Seiteneingang der Höhle mit einem Sofa aus Holz und getrockneten Maisblättern. In einer Ecke Blätter von Königspalmen, die als Betten dienten, darüber Sisaldecken, Platz genug für alle zum Schlafen. Außerdem Töpfe, ein neu gebauter Holzherd. Gestapeltes Holz, der Boden gefegt und befeuchtet, damit es nicht so staubte, eine in eine Ölbüchse gepflanzte Aloe. Nico hielt inne. Maria, Anésia, Onofre und Antônio spürten die Brise, blähten die Nasenflügel. Marias Blutdruck war verändert, ihre Laune schwankte.

»Hier ist es?«

»Komm rein und lass die Kinder nicht an den Rand, es geht über dreißig Meter runter.«

Maria hielt die beiden Kinder an den Schultern fest. Nico trat an den Abgrund, das Schiff an derselben Stelle, nahe dem Horizont. Er wunderte sich über die Entfernung, sah kein Boot und keinen Matrosen.

»Maria, es gibt auch Mittagessen.«

»Später, Eneido, uns wird ja schon im Ochsenkarren schlecht, wie soll das erst auf dem Schiff werden.«

Eneido bot Maria das Sofa an, leicht schwindlig machte sie

es sich darauf bequem. Anésia stand auf, um nachzusehen, was es auf dem Holzherd gab, Hühnerpastete in einer Tonform, Maispudding und Kaffee in einer Kanne. Onofre schnappte sich einen Ast von dem Holzstapel und kritzelte damit auf den Boden. Die Bewegungen langsam, träge. Antônio betrachtete, den Hut in der Hand, die Zeichnungen an der Decke: Pferde mit Kiemen, Eulen, größer als die Pferde, mit blauen Augen, dazwischen Maispflanzen. Geraldina und Geraldo schmiegten sich noch immer in den Hut.
»Sieh dir das an, Antônio.«
Nico rief den Bruder, er sollte das Schiff betrachten, auf dem sie die nächsten Tage verbringen würden.
»Es hat ein bisschen Verspätung, nicht wahr, Eneido?«
Eneido hantierte mit den Töpfen, weichte Bohnen ein. Wegen seiner Körpergröße brauchte Antônio länger, bis er den Horizont erblickte. Kurze Beine, kürzere Schritte. Dort, wo Nico bereits das Schiff sichtete, sah er immer noch Himmel und den Rand des Abgrunds. Er trat ins Licht.
Einen Tag im Jahr fiel die Sonne direkt in Eneidos Zuhause ein, die ganze Höhle erstrahlte, die blauen Augen der Eulen wurden zu Schwimmbecken. Es dauerte so lange, wie man zum Entkörnen einer Maispflanze brauchte, bei der zweiten nahm das Licht im Gewölbe bereits wieder ab. Antônio, der am Abgrund stand, blickte nicht nach unten, hatte Höhenangst. Er schloss die Augen, presste die Hände zusammen.
»Du kannst ruhig hinsehen.«
Er öffnete die Augen und senkte langsam den Blick. An der Stelle, wo er das Schiff gesehen hätte, schloss er jedoch die

Augen und machte sie erst auf Höhe des Meerwassers wieder auf. Wie die Familie Malaquias, waren auch Geraldo und Geraldina im Übergang begriffen, suchten das Gleichgewicht zwischen Süßwasser- und Salzwasserluft.
»Wie viele Handspannen sind wir vom Boden entfernt?«
»Einige.«
Nico bemerkte nicht, was mit Antônio los war, gebannt starrte er nun auf das Schiff, das aussah, als würde es näher kommen. Maria aß mit den Kindern Maispudding auf dem Palmbett, das Eneido liebenswürdigerweise für sie bereitet hatte.
»Kinder dürfen da nicht hin, sie können höchstens von Weitem gucken, sonst sterben sie.«
Eneido versuchte, Anésia und Onofre dazu zu bringen, eine bestimmte Linie nicht zu überschreiten. So langsam, wie sie waren, langsam im Denken, war es ein Leichtes, ihren Willen zu beeinflussen.
»Stirbt man nur vom Gucken?«
»Nein, zuerst fällt man.«
Antônio, der den Hut mit der Öffnung zu seinen Beinen hielt, spürte einen Luftzug an den Knien. Geraldina und Geraldo fühlten sich erstickt von Wind und Dunkelheit. Antônio breitete die kurzen Arme aus, kürzer als die von Anésia und Onofre. Er atmete tief durch, blickte auf das Schiff und schleuderte den Hut fort.

66

JÚLIAS KOFFER FÜR die Geburtsklinik war gepackt. Da sie selbst zu Hause zur Welt gekommen war, ohne Arzt, schlug sie vor, im Schlafzimmer zu gebären. Wenn sie dort geboren worden war, warum nicht auch ihr Kind? Für Messias war es undenkbar, dass sein Kind im Hinterzimmer eines Kaufladens zur Welt käme, seines Ladens zwar, aber im Hinterzimmer. Sie sollte in die Geburtsklinik gehen, zu dem Arzt, der die Schwangerschaft betreut, der den Tag und die Uhrzeit festgelegt hatte. Es war der Vorabend, der Koffer war gepackt, Messias und Ludéria bedienten im Laden. Die Wehe kam schwach, dann stärker, wie Elefanten, die ein Ei zertrampelten, die Kraft stärker als die Fruchtblase, sie platzte auf dem Küchenstuhl. Júlia lief durch den Flur bis zur Ladentür. Messias begriff und holte das Köfferchen aus dem Zimmer.

In der Geburtsklinik betreute der Arzt gerade eine andere Mutter, Júlias Geburt kam zu früh, er hatte nicht damit gerechnet. Er wollte einen Kaiserschnitt machen, aufschneiden und zunähen, zum abgemachten Termin. Júlia brachte das Kind mit einer Schwester im Krankenzimmer zur Welt. Messias wartete im Vorraum, er wollte ihren Körper nicht leiden sehen. Júlia legte sich ins Bett, um sich zu entspannen, die Krankenschwester bat sie, tief durchzuatmen, der Arzt käme gleich. Nach zwei oder drei schmerzhaften Wehen war der Junge da, Júlia weitete sich wie nie zuvor. Der

Arzt kam, Júlia wurde an den Tropf gehängt, Messias streichelte ihre Hand.
»Sie sind zum Gebären geboren.« Der Arzt ärgerte sich über ihre Selbständigkeit.
»Wann kommt sie nach Hause?«
»Morgen früh gleich, wir müssen nur noch die Routineuntersuchungen beim Kind durchführen.«
Die Krankenschwester brachte den in eine Decke gewickelten Jungen, legte ihn in Júlias Arme, Messias weinte vor Glück. Júlia schnupperte an dem Baby, Erkennen unter Säugetieren. Der Geruch nach warmem, frischem Fleisch, ein pulsierendes Bündel.
»Das Baby bleibt noch einen Tag länger, ich mache noch ein paar genauere Untersuchungen.«
»Gibt es irgendein Problem?«
»Er ist perfekt, Herr Vater, das sind nur Vorsichtsmaßnahmen, damit der Kleine später keine Probleme bekommt. Machen Sie sich keine Sorgen.«
Die Untersuchungen kosteten Geld, Messias fand diesen weiteren Tag im Krankenhaus merkwürdig, Júlia konnte bereits entlassen werden, man brauchte sie nur anzusehen, um zu erkennen, dass sie vor Gesundheit strotzte. Aus ihren Brüsten strömte süße Milch, die Haut war weich, den Sohn zu empfangen. Ludéria übernachtete bei Júlia in der Geburtsklinik, Messias fuhr zurück ins Geschäft, ohne ihn lief der Laden nicht. Am nächsten Tag durfte Júlia aufstehen und, wenn sie wollte, später wiederkommen, um das Baby zu holen. Sie beschloss zu bleiben, bis der Kleine freigegeben würde, zumal sie auch ihre Brust erleichtern musste. Die Untersuchungen waren beendet, Messias kam die Familie abholen. Ludéria blieb zu Hause und richtete

die Wiege her, setzte Wasser für das Babybad auf, backte Brot, kochte eine Fleischsuppe, sie würde Júlia während des Wochenbetts betreuen. Sie träumte bereits davon, am Altar zu stehen und das Kind ins Taufbecken zu halten, wen sonst hätte Júlia als Taufpatin?
Messias und Júlia saßen mit dem Kind auf dem Arm vor dem Arzt. Er hielt Umschläge mit Folien in der Hand, Blut- und Speicheluntersuchungen.
»Das Kind ist ein Zwerg.«

67

NICO UND SEINE Familie waren seit Tagen in der Höhle. Eneido hatte gewusst, dass sie auf das Boot würden warten müssen, daher hatte er Essen für die Malaquias besorgt.

»Das Wasser muss steigen, damit das Boot hierherkommen kann.«

»Wenn du Bescheid gegeben hättest, wäre ich später gekommen«, regte Maria sich auf.

»Das Wasser macht, was es will, ich kann nicht darüber bestimmen.«

Sie hatten es nicht schlecht dort, und weder Anésia noch Onofre versuchten je, sich dem Abgrund zu nähern. Sie waren wie betäubt, unter der Eulendecke herrschte eine andere Schwerkraft. Körper und Gedanken bereiteten sich auf einen Schnitt vor, es war wie das Fieber vor dem Aufplatzen der Eiterblase, der Schwindel vor der Ohnmacht, die Besserung vor dem Tod.

Die wuschelige Hündin, die sich manchmal neben Onofre legte, wurde auch am Bug des Schiffs gesehen. Das Schiff war nicht mehr so fern, das Meer etwas höher.

»Wie kann sie hier und dort gleichzeitig sein?«

»Dieses Tier bringt einen ganz durcheinander, ich glaube inzwischen, dass es zwei sind.«

»Zwillingshündinnen.«

»Wie die Alten.«

Als hätte man sie gerufen, betraten die alten Zwillinge die

Höhle. Sie waren auf Waldpfaden hochgestiegen, der Wasserfall war überdeckt vom Meer, nur in der Höhe gab es noch festes Land. Die beiden waren gleich gekleidet, gleiche Schürzen, die Kopftücher gleich.

»Wir bringen noch mehr Auflauf und Milchreis für die Kleinen. Wie groß sie geworden sind!«

»Kennen Sie sie?«

»Wir haben durchs Fenster gesehen, wie sie geboren wurden.«

»Geraldo hätte die beiden fast erschossen«, erinnerte sich Antônio.

Die beiden setzten sich auf die trockenen Palmblätter, Antônio legte sich neben sie und schnurrte fast beim Anblick der reichhaltigen Speisen. Er kannte die Zwillinge aus dem Maisfeld, wollte ihnen nah sein.

»Wo wohnen Sie?«

»Am Wasserfall.«

»Es gibt doch keinen Wasserfall mehr, es ist doch alles Meer.«

»Ein Wasserfall besteht nicht nur aus Wasser, dahinter ist Land, wir schlafen hinterm Wasserfall. Tagsüber wandern wir hin und her, her und hin.«

Sie lachten das gleiche Lachen, hatten die gleichen Stimmbänder.

»Als das Meer auf eure Seite ging, hatten wir einen Fluss, Weideland, Vieh.«

»Timóteo müsste längst da sein«, seufzte Eneido.

»Das hat der doch nur gesagt, damit Nico die Fazenda, sein Leben aufgibt und hierherkommt.«

Nico schwieg, er hatte keine Antwort für Maria. Antônio machte einen Vorschlag.

»Wir kehren nach Hause zurück.«
Eneido stand auf.
»Das geht nicht mehr, das Meer steigt.«
Die alten Zwillinge verabschiedeten sich und verschwanden im Wald, Anésia und Onofre schliefen tief und fest. Maria, Nico und Antônio gähnten.
»In dem Essen muss irgendwas drin gewesen sein, das uns mutlos macht. Du glaubst auch wirklich an jedes Versprechen, Nico.«

68

GERALDINA UND GERALDO fielen, von Antônio weggeschleudert, ins Meer. Stundenlang trieben sie in dem nach oben offenen Hut, wie Beine in einem Bordell, die im Dunkeln aufblitzen.

Wenn eine Kerze abgebrannt ist, hat sie trotzdem noch Paraffin. Die beiden waren zwar aus demselben Stoff, und doch hatte Geraldo seine Individualität, sein Paraffin. Geraldina, der diese Zustandsveränderungen bereits vertraut waren, war weniger aufgeregt als ihr Sohn. Geraldos Zappeln, seine elektrische Unruhe, waren ihr unangenehm. Die Nähe zwischen Mutter und Sohn, die nur aufgrund der Blutsverwandtschaft zusammen waren, garantierte außerhalb der nötigen Anlässe keine Vereinigung. Eine unwürdige Begegnung, Geraldo hatte die falsche Richtung eingeschlagen, als er in Antônios Nacken auf die Mutter traf. Geraldo entzog sich Geraldinas Einflusssphäre, und es war, als würden zwei Wolken aufeinanderprallen und Regen bringen, sich selbst zerstörend zugunsten anderer Aufgaben. Geraldina, geschwächt durch die wiedererlangte Autonomie, schlüpfte durch die Lücken im Strohgeflecht des Huts und tauchte ins Meer. Geraldo erhitzte sich in dem Stroh, das noch immer nach Antônios Kopf roch, nach einem Ort, wo Sprache fabriziert wird. Er wollte weitertreiben an irgendein Land, wo er aufgefangen oder der Hut von einem Fischer aufgesetzt würde.

69

MESSIAS WOLLTE DEN Sohn nicht, er war nicht von ihm. Ein Zwerg war nicht von ihm. In seiner Familie gab es keine Zwerge. Júlia wusste nicht, dass Antônio, ihr mittlerer Bruder, einer war, und auch nicht, dass ein Blitz daran schuld sein konnte. Sie sagte, in ihrer Familie gebe es auch keine Zwerge, was konnte sie dafür?
In derselben Woche tauchte ein großer Junge auf, Messias' älterer Sohn, der beschlossen hatte, den Vater zu suchen. Messias hatte den Sohn zuletzt gesehen, als dieser rosig und bartlos gewesen war. Jetzt war er kräftig, konnte arbeiten, und in der Kraft des Jungen erkannte Messias seinen eigenen reifen Körper wieder, dieselben Gesichtszüge, dieselbe kahle Stelle an der Augenbraue. Die Ablehnung des neuen Sohnes verursachte ihm kaum Schuldgefühle, sie verflüchtigten sich mit der Aufnahme des anderen Sohnes, er glaubte, der Natur auf diese Weise nichts zu schulden, null zu null, sie waren quitt. Außerdem war dieser Junge groß, bereits erzogen, und der andere sprach ja noch nicht mal.
»Du kannst morgen gleich anfangen, ich hab Arbeit und ein Zimmer für dich«, sagte er zu dem Erstgeborenen.
Messias fasste das Baby nicht an, wandte sich weder mit Worten noch mit Blicken an Júlia. Sie war im Wochenbett, er musste sich nicht mit ihr über die Arbeit oder die Konfektion austauschen.

Júlia nahm das Kind und ging.
Busbahnhof. Der Mut zur Rückkehr, zum Zurückgehen. Sie würde nicht um Beachtung betteln, hatte nicht die Geduld zu warten, bis Messias irgendwann den Sohn annähme, der natürlich von ihm war. Sie gab nicht mal Ludéria Bescheid, die ihr Fehlen erst am Abend bemerkte.
»Tu das den beiden nicht an, Júlia ist noch ein Kind.«
»Ein Kind macht keine Kinder, Ludéria. Wenn du hinter ihr herlaufen willst, dann tu das, ich will keine Frau, die unter meinem Dach Ehebruch begeht.«
»Den anderen, der jetzt kam, hast du nicht aufgezogen, woher weißt du, dass er von dir ist?«
»Ich weiß, wann was von mir ist, er hat mein Gesicht, meine Größe.«
»Júlia ist bestimmt in der Kirche.«
»Sie ist bestimmt im Busbahnhof, glaubt, dass ich sie abhole.«
Ludéria traf Júlia in der Kirche nicht an, keine Spur von ihr in der Nachbarschaft, und auch nicht bei Leila, zu der sie in einer Anwandlung hätte zurückgehen und von der sie hätte aufgenommen werden können. Leila empfing Ludéria nicht einmal, ließ ausrichten, dass sie nicht da sei. Der Chauffeur schloss das Portal. Ludéria durchsuchte Júlias Sachen, sie hatte das Geld mitgenommen, das sie in einer Schachtel aufbewahrt hatte, Júlia hatte Ludéria das wachsende Notenbündel stets gezeigt.
Júlia setzte sich in die Nähe der Uhr. Der Busbahnhof war renoviert worden, neue Farbe an den Wänden, bequeme Sessel, mehr Schalter, mehr Bestimmungsorte.

70

DAS SCHIFF WAR so nah, dass das Gold der Bordüre Bronze wurde. Der Fährmann war ein kräftiger Mann, Matrosenuniform, militärische Haltung. Er kam über den Weg, den die alten Zwillinge immer benutzten, die einzige Verbindung zwischen Meer und Höhleneingang. Er musste nicht weit gehen, das Meer stand hoch, einen nach dem anderen lud er ein. Vorne die Kinder, mit Antônio. Hinten Maria und Nico, der Matrose stand, durchfurchte das Meer mit dem Ruder, hielt auf die schwarze Wand des Schiffs zu, ein prächtiges Gefährt. Sie stiegen eine schmale Leiter hoch, das Meer schaukelte das Boot, nicht das Schiff, das war stabil, Herrscher über das Wasser. Das Ruderboot hatte die Angst vergrößert, als sie nun die Füße auf die festen Sprossen der Leiter setzten, auf den oberen Metern wurden sie von den Matrosen ermuntert, die sie an Bord erwarteten.
Die Besatzung empfing sie begeistert, das Boot wurde hochgezogen und verstaut. Die Malaquias winkten Eneido und den alten Zwillingen zu, die drei am Höhlenrand erwiderten den Gruß mit einem Lächeln.
»Die Reise ist nicht schlimm, nur lang.«
»Kommen Sie, ich zeige Ihnen Ihre Zimmer.«
»Die Kinder können bei Ihnen in der Kabine schlafen. Der junge Mann teilt das Zimmer mit anderen Besatzungsmitgliedern.«
Sie ließen die Proviantsäcke in den Kabinen. Maria, Nico,

Anésia und Onofre blickten von ihrem Fenster aus aufs Meer. Antônio teilte seine Kabine mit zwei jungen Matrosen, die noch nicht lange zur See fuhren.
»Was es hier wohl gibt?«, fragte sich Maria.
Sie ließ Anésia und Onofre bei Antônio auf dem Schiffsdeck, damit sie die letzte Abendsonne genießen konnten. Das Ehepaar wollte das Schiff erkunden, noch nie waren die Malaquias in einer so großen Stadt gewesen, und noch dazu in einer schwimmenden.
»Kann ich Ihnen helfen?«
»Wir sehen uns nur um.«
»Es ist Zeit für den Tee, ich bringe Sie in den großen Salon.«
Sie begleiteten den stolzen Herrn in roter Uniform mit Goldlitzen. Menschen saßen an Tischen, alle unterschiedlich, in der Kleidung, der Art, gemeinsam war ihnen die leise Stimme, niemand sprach laut, eine Rücksicht wie im Krankenhaus, fast roch es auch nach Krankenhaus, nach dem sauberen Boden in den Ritzen.
Sie kannten niemanden. Verlegen wegen der zerschlissenen Kleider, die sie trugen, strich Maria sich die Haare hinters Ohr, nahm Nico Haltung auf dem Stuhl an. Roter Tee wurde ihnen in Tassen serviert, Toastbrot, Marmelade und Butter. Sie sahen sich begeistert und bedeutungsvoll an. Als sie wieder allein waren, ließ Maria die Schultern hängen.
»Das wird teuer werden.«
»Eneido hat gesagt, es kostet nichts, für sie ist es ein Vorteil, wenn sie mehr Leute in den Hafen, in die Stadt bringen, es heißt, die sei größer als die ganze Fazenda.«
»Wohin gehen wir vom Hafen aus?«

»Júlia wird auf uns warten.«
»Wie denn? Wenn sie nicht mal weiß, ob du tot bist oder lebendig.«
»Alle Menschen, die warten, gehen zum Hafen.«
»Und wenn Júlia nicht da ist? Wer wartet, bist du, nicht sie.«
»Wir warten.«
»Timóteo ist jetzt bestimmt fein raus auf der Fazenda, die eigentlich dir gehört.«
»Die Fazenda gehört Júlia, sie ist die Besitzerin.«
»Ich fahr nur mit, weil ich Mitleid habe.«
Antônio erschien mit Anésia und Onofre, sie setzten sich an den Tisch.
»Ich glaube es nicht! Das haben die Schwestern in der Klosterschule immer gegessen.«
Antônio bediente die Kinder und ließ sich die Toasts mit Brombeermarmelade schmecken. Da begriff Maria, woher der Zwerg seine feinen Manieren und seine Zurückhaltung hatte, von den Nonnen.
Eine alte Frau brachte ein Tablett, ihre Hände waren schwach, die Handgelenke jedoch kräftig. Häubchen und Schürze weiß, es war Dolfina, die frühere Hausangestellte von Leila.

71

TIMÓTEO VERBRACHTE DIE Nächte im Bordell Moarão und die Tage in der Stadt, nunmehr ohne Strom. Das Kerzenlicht färbte die wenigen verbliebenen Gesichter bernsteinfarben, die Stadt leerte sich. Es ging die Nachricht um von einem neuen Wasserkraftwerk in einem nahe gelegenen Landkreis, die Familien zogen hinter den Glühbirnen her. Zunächst erkundete ein älterer Sohn die andere Stadt, wenn er entschlossen war, ging er zurück und zog mit dem Rest um. Die Klosterschule sollte in der kleinen Stadt bleiben, Françoise bestand darauf zu erhalten, was die beiden Schwestern aufgebaut hatten. Ein paar Kinder wurden auf die Treppen gelegt, von einfacheren Frauen, die geflüchtet waren.

»Die Nonnen kriegen Geld aus dem Ausland und kümmern sich um die Erziehung.«

Françoise erhielt ein Telegramm, das die neue Mission bestätigte, nämlich Ordnung und Moral in der noch übrig gebliebenen Stadt wiederherzustellen. Mehr noch, sie wiederaufzubauen, denn das wäre die Chance, über ein Land zu herrschen, das sie nie wirklich besessen hatten.

Die Großgrundbesitzer verließen ihre Ländereien nicht, doch die an Licht und städtisches Leben gewöhnten Frauen suchten sich andere Gemeinden. Der Bürgermeister, keine große Persönlichkeit, trug dem Pfarrer die Verwaltung an. Die Stadt war aus dem elektrischen Licht geboren, mit Kerzen wusste sie nicht umzugehen. Zwar waren die elektrischen Kronleuchter eine Neuheit für die Bewohner gewesen, doch selbst der Bürgermeister konnte nicht mehr ohne Watt leben.

Die Stadt wurde zur Weihnachtskrippe. Nonnen, Pfarrer und selbstlose Christen. Nicht alle hatten die Möglichkeit wegzuziehen, für viele wurde alles besser. Ohne übermächtige Männer, mit Stellen, die neu zu besetzen waren. Der Pfarrer beraumte Wahlen für Verwaltungsposten an, in den Gottesdiensten wurden Verwaltungsfragen diskutiert. Er ließ eine Frau eine Fahne nähen, bestickt mit dem lateinischen Satz »Sie schwimmt, aber geht nicht unter«.

Timóteo stieg nach den Gottesdiensten auf die Musikertribüne, Menschen versammelten sich in Erwartung seiner Predigten.

»Ich war auf der anderen Seite! Der Seite, wo das Licht geboren wird, glaubt mir, Brüder!«

Er behauptete, die geheime Schwelle der Dinge zu kennen, wer sie überschritte, kehre nicht wieder. Durch ein Wunder sei er, der Gesegnete, wiedergekehrt. Er habe Heilkraft und könne das beweisen.

Der Pfarrer-Bürgermeister verdammte ihn nicht, solange er seine Reden fern des Altars hielt. Timóteo verkaufte die Ernte von Geraldos Ländereien an andere Stadtverwaltungen. Das Bordell wurde von Männern aus nah und fern besucht. Er machte Geschäfte mit Schnaps und gebratenem Spanferkel. Für die Mädchen stellte er eine Sicherheit dar, Moara wollte ihn als Vater eines Kindes. Er versuchte es, schwängerte jedoch Terezinha, die Jüngste des Hauses, die das Kind nicht behielt. Auf Geraldos Ländereien befruchtet man nicht so einfach.

»Du vollbringst Wunder und Schandtaten zugleich. Du heilst und machst Dummheiten. Raus mit dir, Timóteo!«
Die kleine Gemeinde, die von der erleuchteten Stadt übrig geblieben war, spaltete sich. Viele hatten nichts gegen das Heilen, aber wenn es von schmutziger Hand kam, taugte es nichts. Für andere stand der Glaube über Schmutz und Dunkel, Gott suchte den Wunderheiler aus, nicht das Volk. Timóteo begann Geld zu verlangen, er heilte Kopfschmerzen durch Handauflegen, reinigte den Körper von Würmern, betete ein Vaterunser und befahl dem zu Heilenden, nach Hause zu laufen, es würde alles weggehen.
Das Licht hatte die Leute vom Land angelockt und keine Erklärung für sein plötzliches Wegbleiben abgegeben. Die Firma verschwand einfach, sie erfuhren es nicht, erhielten auch keine offizielle Benachrichtigung.
Der Pfarrer sagte, die Gebliebenen seien echte Männer, Männer, die sich nicht täuschen ließen vom Licht der Menschen, sondern das wahre Licht suchten, das nur unter dem Dach Gottes zu finden sei. Timóteo sagte, der Mensch brauche kein Dach, sondern ihn, Timóteo, jemanden, der gegangen und wiedergekehrt sei. Als Beweis diente ihm ein von dort mitgebrachter Topf mit Maispudding, der nicht verfaulte, er stammte von den alten Zwillingen. Der Maispudding wurde unter eine Glasglocke gestellt, die Timóteo stets zu seinen Reden auf der Musikertribüne mitnahm.
»Was machen die beiden?«
»Die beiden Alten ernähren die müden Pilger.«
»Wenn Eneido die Malaquias besucht hat, kann er auch zurückkehren.«

»Eneido ist der Verwalter, er darf die Schwelle nicht verlassen, er ist der Wächter.«

»Wenn Eneido die Malaquias geholt hat, warum hat er dann nicht auch uns geholt?«

»Die Malaquias waren die einzigen, die in der Serra Morena geblieben sind, sie sind hochgezogen, haben die Stadt von oben gesehen. Wer bereits in der Höhe ist, findet leichter Kontakt.«

»Scher dich zum Teufel, Timóteo!«

72

JÚLIA GING ZUR Toilette, keine Spur von Dinorá. Sie wechselte dem Jungen die Windeln, den sie Antônio nannte, nach dem mittleren Bruder, der immer mit ihr gespielt hatte. Sie trank einen Kaffee, ging zum Schalter. Noch immer gab es keinen direkten Bus zur Serra Morena, sie war ein Durchgangsort ohne Busbahnhof, alles war wie früher. Sie würde an der Straße aussteigen und zu Fuß weitergehen müssen, mit Antônio auf dem Arm.

Júlia gab dem Jungen in einer Ecke, wo weniger Reisende waren, die Brust. Sie glättete seine Decke, packte die Babytasche und blieb an der Tür zur Toilette stehen. Sie sah die Frauen kommen und gehen, die einen in Eile, die anderen vertrieben sich die Zeit. Die einen Mädchen, die anderen Damen, sie wählte mit den Augen aus, fragte nach der Uhrzeit und lauschte, ob die Stimme vertrauenerweckend klang. Da kam die Frau in Violett, diesmal in Braun. Sie erkannte Júlia nicht, die nun reifer und selbstsicherer war. Sie achtete eher auf das Baby, kam näher, Júlia küsste Antônios Stirn, bekreuzigte sich und fasste Mut.

»Können Sie ihn kurz halten, damit ich auf die Toilette gehen kann?«

Die Frau in Braun sah Júlia nicht ins Gesicht, sie nahm Antônio auf den Arm wie jemand, der in einer Kinderkrippe arbeitet.

»Lassen Sie sich Zeit.«

Júlia betrat die Toilette, wusch sich die Hände, ohne sich im Spiegel anzusehen, trocknete sie an ihrem Rock ab. Ihr Kinn zitterte, nie hatte sie besessen, was ihr gehörte, und nun sollte es wieder so sein. Sie verließ die Toilette, die Frau in Braun war nicht mehr da, Antônio auch nicht.
Mit freien Armen trat sie an den Schalter, eine Tasche über der Schulter.
»Haben Sie eine Fahrkarte zum Meer?«
»Das Meer ist groß, meine Dame, wohin am Meer?«
»Irgendwohin.«
»Wir haben was nach Santos, da ist der Hafen.«
»Das nehm ich.«
Sie wollte alleine zurückkehren, so, wie sie gegangen war, auch wenn ihr Ziel nicht die Serra Morena war. Ihr Ursprung lag nicht in dem Ort, sondern in dem Knall im elterlichen Haus. Es hieß, ins Meer würden mehr Blitze einschlagen, vielleicht würde sie ja von einem getroffen und käme zurück nach Hause.

73

DAS SCHIFF FUHR in den Hafen ein, Nico und Maria stiegen aus. Antônio kam, Onofre und Anésia an der Hand, hinterher. Maria benutzte einen Fächer, das Geschenk einer begüterten, auf Schiffskasinos versessenen Dame.
»Nehmen Sie ihn, das Fächeln stillt jegliche Tränen.«
Im Hafen eine Menschenmenge. Menschen, die sich verabschiedeten, Menschen, die sich wiedersahen. Darunter Júlia, die die Mannschaft aussteigen sah, alle im Rhythmus der Wellen, mit Pausen beim Gehen.
Sie waren sich nah, Júlia und ihre Brüder. Es trennte sie lediglich ein Reisender, der den Hals hektisch hin und her reckte, auf der Suche nach seinen Verwandten. Der Mann trug eine lange Jacke und einen Hut. Ein Reisender genügte, um zu verhindern, dass Júlia und Nico sich sahen. Wenn einer der Malaquias einen Schritt tat, tat der Reisende einen anderen, fast wie einstudiert. Weitere Reisende fügten sich in den Reigen ein, schoben Koffer vor sich her.
Antônio blieb stehen, um Anésias Schnürsenkel zu binden. Júlia sah den Zwerg von hinten, zu Füßen des Mädchens. Sie verspürte Erleichterung, glaubte, das Richtige getan zu haben, ihr Sohn sollte nicht Sklave eines Kindes sein, sollte nicht in einer Familie arbeiten und im Nebengelass statt im Haupthaus wohnen. Die Reisenden wurden spärlicher, hier und da rannte noch einer auf jemand zu. Nico blickte auf die eine, Júlia auf die andere Seite. Ihre Blicke bildeten

zwei parallele Geraden, seine oben, ihre unten. Es gab die Chance einer Überschneidung, doch dann tat Nico einen Schritt, und der Schnittwinkel war zerstört. Júlia verschwand aus seinem Gesichtsfeld und er aus dem ihren, wegen eines einzigen Schritts.

Im trüben Wasser erkennt man die Substanzen nicht.

Lisa Moore
im Carl Hanser Verlag

Im Rachen des Alligators
Roman
Aus dem Englischen von Kathrin Razum
2013. 352 Seiten

Colleen ist 17 und möchte die Welt verändern: Sie schüttet Zucker in den Tank von Mr. Duffys Bulldozer und muss sich als Ökoterroristin vor dem Jugendrichter verantworten. Ihre Mutter Beverly, die seit dem Tod ihres Mannes mit ihrer Trauer und der Liebe für ihre Tochter ringt, sieht ratlos zu, wie diese von zu Hause wegläuft. Mit 1000 Dollar in der Tasche treibt Colleens kopflose Flucht sie weg aus dem kanadischen St. John's in Richtung Louisiana. Dort jagt sie der fixen Idee nach, einen knapp dem Tod entronnenen Alligatorzüchter zu finden, den ihre Tante, die Filmemacherin Madeleine, einst während einer lebensgefährlichen Aktion gefilmt hatte. Mit großer sprachlicher Virtuosität und untrüglichem Gespür für ihre Figuren erzählt Lisa Moore voller Tiefe und Witz von Menschen, die auf der Suche nach sich selbst auseinandergehen, und deren Wege doch untrennbar miteinander verwoben bleiben.

»*Im Rachen des Alligators* – ein bisschen beschreibt der Titel auch das Gefühl des Lesers, der seinen Kopf in dieses Buch steckt. Das sein riesiges Maul aufsperrt, um einen aufzunehmen in seiner dunklen Höhle voller Schönheit und Geheimnisse. Um dann plötzlich zuzubeißen, Schreck einzujagen und Schmerz zuzufügen. Und das mit literarischer Grandezza.«　　　　　*Deutschlandradio Kultur*

»Einen Roman, der in Neufundland spielt, bekommt man nicht alle Tage in die Hände, und wenn doch, dann kaum einen, der so unglaublich toll und intelligent erzählt ist, wie *Im Rachen des Alligators*... Diese Lektüre wirkt lange nach.«
Frankfurter Allgemeine Sonntagszeitung

Almudena Grandes
im Carl Hanser Verlag

Der Feind meines Vaters
Roman
Aus dem Spanischen von Roberto de Hollanda
2013. 400 Seiten

Nino ist 9 und zu klein für sein Alter. Er lebt mit seiner Familie in einer Kaserne der Guardia Civil in einem Dorf Andalusiens. Den Sommer 1947 wird er nie vergessen: Er lernt Pepe den Portugiesen kennen, einen geheimnisvollen Fremden, der sich in der abgelegenen Mühle einquartiert hat und der sein Freund und Vorbild wird. Während sie die Nachmittage am Fluss verbringen, schwört sich Nino, niemals wie sein Vater Polizist zu werden, und fängt an, im »Hof der Rubias« Maschineschreiben zu lernen. Hier leben alleinstehende Frauen, deren Männer als »Rote« verfolgt wurden. Mit ihnen und Pepe entdeckt Nino seine Leidenschaft für Abenteuerromane. Eine neue Welt eröffnet sich ihm, über Jules Verne lernt er die seltsamen Dinge zu hinterfragen, die im Dorf passieren. Was hat sein Freund Pepe mit dem Kampf in den Bergen zu tun, der gegen den legendären Freischärler Cencerro geführt wird? Auf einmal gerät Nino selbst mitten in ein Abenteuer und muss sich entscheiden, auf wessen Seite er sich schlägt.

»Diese Geschichte berührt zutiefst und macht den Leser bisweilen sprachlos. … So poetisch wie ergreifend, so verstörend wie aufrüttelnd. Und dabei immer dicht an der Realität.«
Kölner Stadt-Anzeiger

»Ein Buch über Schuld und Sühne, über Freundschaft, Verrat und Rache. Und vor allem ein Abenteuerroman.«   *Deutschlandradio*

»Eine der besten Schriftstellerinnen unserer Zeit.«
Mario Vargas Llosa